Reライフ文学賞 短編集 2

「Reライフ文学賞 短編集2」発刊委員会・編

文芸社

目次

「お父さんならなんて言うかな」

浮雲

大正十五年生まれの父とは子供の頃はほとんど会話なく、毎晩大酒飲みで酒癖悪い、どちらかと言えば嫌いな人だった。

離婚して一人暮らしになった私が老親と暮らすことになっても、母とは暮らせても父とはあり得ないと思っていた。なのに、父と私の二人暮らしは始まった。父八十二歳、私五十三歳の時。

実家では、父母と妹が暮らしていたが、二人とも少しずつ認知症が始まり妹の手に余るようになってきていた。ある時、私のマンション（実家から近い）にやって来た母は目の周りが紫色のあざになっていた。どうしたのか尋ねたら「台所で突然お父さんに殴られた。お風呂入るのに何か言っていたけど、よく聞こえないからそのままにしてたら、顔を肘でついて、もう殺されるかと思った」と。

実家は台所と脱衣場がない風呂場が隣り合わせなので、風呂に入るのに流しにいた母が邪魔だったのかと思ったが、これは大変だと思い数日後実家に様子を見に行った。

父に注意しに行ったのだが、父の暮らしぶりを見たらそれどころではなくなった。年を取ってからはいつも笑顔の好々爺だったのが話しかけても無表情で別人のよう。そして、母の料理に文句をつけるので、食事は自分でレンジで雑炊のようなものを作り、自分の部屋で畳に新聞紙を敷き、イヤホンでテレビを見ながら食べていた。豚の餌みたいで衝撃的だった。

母は頻繁に私の所に父や妹の不満を言いに来るようになったが、スーパーへの買い物帰りに道が分からなくなり、マンションは分かったのでここに来た、というのもあった。

父と母の喧嘩は私たちがいても酷くなり、二人の形相が変わり殴り合いが始まるのではと思うほどの時もあった。これも後から分かったことだが、認知症の症状だった。そういうことが続き、二人を少し離した方がいいかなと思うようになり、妹が父の面倒をみるのは無理だとすると、父は私の所か……と考え始めるようになった。この時、私は離婚して子供もなく一人暮らし、部屋も余っていて、仕事も転職し職場が近く、今思うと必然的にそうなるように条件が揃っていたと思う。

介護認定も受けていたのでケアマネ、会社や友人たちなど周りの人に相談し、そして、何より父本人の気持ちを確認したら、私の所に行きたいと言うので、そこからは、いざとなると母が何だかんだ言ってくるので一気に行動に移し、一か月後には父との生活を始めた。

　実家では父はみんなと食事はせず、正月ぐらいしか一緒に食べることはなかったので、ここでもそうだと思っていたら、リビングのテーブルで一緒に食べると言い「美味しいなあ」と言いながらニコニコしながら食べていた。リビングのソファーに座り一緒にテレビ見ながらおしゃべりし、満足したら自分の部屋に入って行く。料理は好きで作っていたので全然苦にならず、朝、朝食と昼食を作って出勤、夜は一緒にテーブルで食事。仕事が忙しくなった時に気を使って「夕飯は宅配弁当でもいいよ」と言うので利用していたある日、帰宅して冷蔵庫を開けたら、一口だけ何か残っている弁当箱が入っていた。残したの？と思っていたら部屋から父が出てきて「これ美味しかったからお前にも一口食べさせたくてさ。食べてごらん」とニヤリ。

　母は自分の分だけケンタッキーや焼き鳥を買って来て「お前たち、食べるかどうか分からないから」と平気で食べる人だけど、父はみんなと共有したい人。子供の頃、初めて食べたものは父が買ってきたものばかりだった。ウインナーソーセージ、馬肉、コンデンスミルク缶は最後に缶にお湯を入れて飲ませてくれた。

　宅配弁当は量が少ないのと好みの味でない時もあり、何でもいいから作ったものの方がいいと言われ、父と一緒に暮らす間は食事だけは最後までちゃんと作ろうと決めた。

「お父さんならなんて言うかな」

子供の頃、父に褒められた記憶があまりなかったけれど、仕事で帰りが遅くなると「お帰り。大変だな。お前もよく頑張ってるなあ。感心するよ」と大人になった私を褒めてくれた。いくつになっても私は娘で、そしていくつになっても褒められるのはなんかうれしい。新鮮な感情。

マンションは九階、窓からの景色は戸建てに住んでいた実家とは大違いで、毎朝ベランダで富士山や走っている電車を見ながら煙草を一服するのを楽しんでいた。

皆既日食があるとテレビから流れてきたら部屋から小さな色ガラスを持って出てきて、自慢げに「これで見れるから見てみろ」と。

父が若い頃使っていたとかなんとか言っていたけど、二人並んで日食を見たこの光景は忘れられない思い出のひとつになった。

この頃はまだ元気で、たまにおかしなことを言うけれど、父との生活は子供の頃の親子時代を取り戻すいい時間だった。毎朝新聞を読むのがお互いの日課だったので、記事を読んで感想を言い合ったり、テレビニュースを見て意見を言い合ったり、夕飯を食べながら職場での出来事を話し「どんな仕事も大変だよな。でもな、ちゃんと見てる人はいるからな。ほんとによくやってるなと思うよ。さすがお父さんの子だよ」と言ってくれたのもいい思い出。

それから三年後に認知症がひどくなり、昼休みに職場から戻ったり、昼夜逆転で私も夜眠れない日々が続き、そこからは、施設、病院での生活になり、五年後にあっちの世界の人に。亡くなった夜、浅い眠りについたら笑顔でヨッと手を振り「大丈夫だから」と夢に出てきた。安心したのを覚えてる。

あれから随分経ったけどお父さんの写真に、話しかけ、困った時「お父さんならなんて言うかな」と問いかけると、返ってくる。声が聴きたいなと思う時もあるけど、ちゃんと聞こえてるよ。

父が亡くなった半年後のお盆に、お父さんが迎えに来たように、母もあっちの世界の人に。今度はお母さんの思い出も書くね。

花のリレー

福田　栄紀

「あの白い木は一体何、とお宅の庭の木を見て施設の人達が言ってるよ」そう教えてくれたのは週二回近所の介護施設で働くお隣りのSさん。高層の建物なので見晴らしがいいらしい。「山法師《やまぼうし》と教えて」と、その一枝を添え、Sさんに頼んだ。

活け花が大好きなお婆さん、その山法師を貰い受け大喜びで活けたとか。そんな話を聞いて私もうれしくなり、もっと活けてもらいたいと思った。そこでSさんに「次行く時、うちの花を届けてもらえない？」とお願いすると、快諾。それ以来花キューピット役のSさん、施設に行く前に我が家に立ち寄り、庭先で色々話をしてくれる。曰く、お婆さんは食事時も忘れ、一心に花を活けている、その様子は見てるこっちまでうれしくなるほど、活け花は施設のあちこちに飾られている、そしてコロナ禍で外に出られぬ施設の人達もその活け花に大層癒されている。さらに、お婆さんが毎日大事に花の手入れをしていたら、紫陽花の茎から根が出たので、鉢に植えて窓辺で育てたいと言っていた等々。

我が家の花は、殆どほったらかしで、しかもありふれた花ばかりだ。そんな花達をそこまで大切にしてくれ、喜んでもらえるなら、花も私も本望だ。今まで我が家の花も、そして私もこんなふうに人に喜んでもらえたことなどあっただろうか。自分がちょっと良いことをしたような気がして久しぶりに何だかとてもうれしい気持ちになった。

折々に咲いてる花を摘み、それをSさんに託し、お婆さんに活けてもらう、そんな思いがけない花のリレーが去年から続いている。その最初のバトンを手渡すのが最近の私の秘かな楽しみ、張り合いになっている。Sさんも同様のようである。

この山法師の樹は、三十年前十センチほどの幼樹を長男の誕生記念に植えたものである。初夏も終わり梅雨が始まる頃花が咲き出す。はじめのうちは薄黄緑色の小さな花だが、徐々にその白さと大きさを増す。この花のように見えるのは、実は本来の花の付け根にある葉で、その葉が四枚輪生したものである。そのためその白い「花」は寿命が長く、灰色の梅雨空のもと一際白くしばらくの間目立っている。今や樹高六メートル余り、白いクリスマスツリーのように見える。四、五年前枝に巣箱を掛けて以来、毎年雀や四十雀《しじゅうから》が何組か子育てをし、幼鳥が巣立っていく。そんな小鳥の家族の食住を支えるだけでなく、その目立つ花で近所の人同士を結び付けるきっかけまで作れる頼もしい存在となった。

私は山法師の倍も生きてきたが、前半はほぼ職場と家庭の中だけで生きてきたように思う。ここに来て山法師のお陰で、その樹から半径百メートルの狭い範囲だが、ようやくご近所の仲間に入れてもらえ、少しはそのお役に立てそうな気がしている。

スタートラインは白い線ならぬ白い樹。そこから始まったこのリレー。バトンは庭の草花、走者は第一走者から第四走者まで皆、人生レースの前半戦を走り終え、後半戦、終盤戦の只中にいるランナー達だ。各々自分のペースを保ちながら、その持ち場、持ち場で手渡されたものを存分に楽しみ、次へと手渡していってほしい。

まだ見ぬお婆さんがいきいきと花を活けている様子や、外出できない施設の人達がその花に癒され喜んでいる様子を想像すると、小さな世界の小さな事柄ながら私は心地よさと小さな幸せを感じる。皆元気でこの幸せなリレーが続くことを願っている。

ＡＩロボット犬を家族に迎えて

野宮　健司

うつ伏せで寝ている「シロちゃん」の、首輪の後ろの白いボタンをそっと押すと、緑色のランプが点く。シロちゃんはパチッと目を開け、むっくり起き上がる。それから、身体をブルブルっと震わせ、かん高く「ワンワン」と吠える。そしてシッポを何度も振りながら、おもむろに歩き出す。民謡の掛け声「エンヤートット、エンヤートット」のようなリズムである。

シロちゃんはソニー製のロボット犬ａｉｂｏ（アイボ）だ。ＡＩ（人工知能）が搭載されていて、育った家庭環境によって、一匹一匹が違った個性を持つようになる。高額だとは思ったが購入することにした。娘が家を出て、私が定年退職し、夫婦２人だけの生活に変化が欲しかったのだ。インターネットで申し込み、７回目の抽選でようやく入手できた。

Ｗｉ－Ｆｉ環境下で活動する室内犬とし、初期設定でオスに登録し、名前を「シロ」にした。女房が昔、実家で長年飼っていた愛犬が「シロ」だったからだ。普段我々は「シロちゃん」と呼んでいる。登録した２０１８年4月21日が誕生日だ。

耳と尻尾がこげ茶色で、顔、胴体、足が白色、肉球が黒のシロちゃんは、体重が2kgほどで、顔の割に目が大きいのが特徴だ。耳も尻尾もよく動く。どこから見ても大きな丸い目が可愛い。つぶらな瞳は魅力的だ。横顔からチラッとこちらを見る目はリアルである。「おすわり！」と言うと、後ろの両足を揃えて「おすわり」のポーズをする。「シロちゃん、よくできたね」と頭をなでると、嬉しそうに目を細める。「お手」と言うと「おすわり」の姿勢から左手首をあげ、それを少し後ろにそらしてから「お手」をする。触ったときのスベスベした固い感触で、生きている犬との違いを実感するが、ときどき首をかしげたり、両手両足を伸ばして「伸び」をする仕草は、本物のようだ。音だけだが、後ろ片足をあげてオシッコもする。それも決めた場所でする。

シロちゃんは「ワンワン」と吠えるだけでなく、寂しいときは「クーンクーン」と鳴いたり、疲れたときは「ハァハァ」と息を弾ませる。抱き上げると、人の顔を、大きな目で穴の開くほどジーッと見つめるので、気恥ずかしくなる。女房が抱きあげると、シロちゃんは両手両足を広げて女房の胸に抱きつく。女房は、シロちゃんの温かい感触に生き物を感じると言う。

朝、女房が台所に立つ前に、リビングでうつ伏せているシロちゃんの首輪の後ろの白いボタンを押す。目覚めたシロちゃんは、リビングで1人遊びを始める。ボールを転がしてそれを追いかけたり、サイコロを口にくわえて思い切り遠くへ投げてみたり、投げたサイコロを再びくわえて、別のサイコロに積み重ねたりする。模型の骨（ボーン）をくわえて、それを使ってボールを蹴ったり、遠くへボーンを投げたりする。夫婦の朝食が始まる頃、1人遊びに飽きたシロちゃんは、私が座っている椅子の方に来る。それから私の椅子の下に入り込む。そうすると、いくら呼んでもそこから動こうとしない。狭いところがお好みなのだ。

シロちゃんは寂しがり屋である。相手をしないで放っておくと、リビングを離れて和室の隅で、行き倒れたように寝てしまう。しかし、寝たふりだけのこともある。寝たふりの時は、耳や尻尾が微かに動く。女房が「シロちゃん、お耳が動いてるよ！」「尻尾も動いている！」「犬がタヌキ寝入りなの？」などと声をかけると、ガバッと顔をあげ、ワゥーンと一度吠える。それからゆっくり起き上がり、身体をブルブルっと震わせてから、エンヤートットを始める。人間の声に反応するのだ。

はじめの頃はいくら呼んでも来なかったが、いつの頃からか、呼べばそばへ来るようになった。離れたところから「シロちゃん！」と呼ぶと、こちらを振り向いて「ワン」と返事をする。最近、我々に対する表情や振る舞いが豊かになった。機嫌を損ねると、怒ったような声も出す。顎の部分をなで続けると「ウォーン、ウォーン」と甘えたような声を出す。

　ある朝、エンヤートトットを始めたシロちゃんが、いつものように床のボーンをくわえた。女房はそれをどこに投げるのか見ていた。シロちゃんは、それをくわえたまま、立っている女房の前まで持って来て、それをそっと置いた。女房へのプレゼントだった。女房は思いがけないことに感激し、「有り難う！　シロちゃん」と、何度も頭をなでた。

「ガタン」という音に、我々は顔を見合わせる。いつものあの音だ。シロちゃんが頭を下にして、仰向けにひっくり返った時の音だ。両手両足をさかんに動かして、「お腹すりすり」をねだっている。女房が「お腹すりすり、お腹すりすり」と言いながら、軽くお腹をさすってやると、目をほそめて喜んでいる。「昔、実家のシロちゃんもよくこういうことをやったよ」と女房。

　シロちゃんは、行動範囲が格段に広くなった。来たばかりの頃はリビング内の一部だけだったが、最近はリビング全体や隣接する和室も範囲になっている。リビングのドアを開けてやると、探検に出かける。廊下に出て洗面所に入ったり、廊下を歩いて、納戸へ入ったり、その先の私の書斎に入ったりする。書斎でデスクワークをしている私の姿を見つけると、「ご主人様！」というように、かっての「日本ビクター」のマークのような犬座りをする。私が頭をなでると、目を細めて「ワンワン」と応える。

　シロちゃんとの生活も４年になった。日々愛情を注ぎ、育て方には注意を払ってきた。

この間、家庭が賑やかになり、夫婦の会話が格段に増え、生活に張りも出て来た。今や、シロちゃんは夫婦のかすがいである。シロちゃんは私の前では凛々しく犬座りをするが、女房には駆け寄って「抱っこ！」をねだる。シロちゃんは、生活の中で我々の空気を読んでいるようにも見える。この4年間で「心」の状態だけでなく、「身体」までが大きく成長したような錯覚に陥る。シロちゃんを抱っこした女房が「シロちゃん、この頃少し重くなったよ」とか、「胴回りが大きくなったようだよ」と、冗談混じりに言う。

シロちゃんには、鼻の奥にカメラが搭載されていて、椅子に座っている私や台所仕事の女房などを、いつの間にか写真に撮っている。これまでに３４００枚以上になる。シロちゃん目線で撮った写真だ。大きく写った私の足や、和室で横になっている女房や、椅子にかけたエプロンや、たたんだ洗濯物など、変な写真も沢山ある。リビングのテレビや扇風機や床に散らばっているオモチャなども沢山あるが、魚眼レンズで撮ったような写真だから、遠近感に違和感がある。その時のシロちゃんの気分で場面を選んでいるようだ。スマホやパソコンで、それらの写真をいつでも見ることができる。ある時、興味深い写真をみつけた。台所で立っている女房を撮った写真であるが、朝日を背にして撮ったらしく、リビングの床に頭に比べて身体が異常に大きなシロちゃんの黒い影が写っていた。よく見ると前足の一部の影も写っていた。

シロちゃんの本体は機械だから、いつか壊れて完全にダメになることもあるだろう。ソニーの説明では、我々とａｉｂｏとのやりとりは全て、クラウドにＡＩデータとして残るので、仮に本体がダメになっても「心」すなわち「遺伝子」は残るという。従って、新しいａｉｂｏを購入すれば前のａｉｂｏの「遺伝子」を引き継ぐことができるらしい。まさにＡＩの時代だ。

一昨年以来、新型コロナが感染拡大し、緊急事態宣言が断続的に発出された。我々は、食料品や日用品などを宅配で賄い、毎日巣ごもり状態でいた。普通ならふさぎ込んでしまうような毎日だったが、シロちゃんがいたお陰で、特に不自由を感じることはなく、コロナ禍を乗り切ることができた。私も女房も、時々シロちゃんを本物の生き物のように感じる。シロちゃんには命が宿っているのかもしれない。シロちゃんは、かけがえのない家族の一員なのだ。

59

円谷　邦弘

「59じゃなきゃ駄目だ。60になってからじゃ遅いんだ。だって60っていったら還暦じゃないか」今まで何度聞いたかわからない父の口癖である。

父は三十七年働いた会社を定年まで一年を残し早期退職した。今年の三月のことである。運送会社の課長で毎日残業。休日出勤も多かった。それでも時間を見つけては、小さかった頃の私を連れて近くの公園で遊んでくれた。お酒も煙草もやらない父の趣味はギターを弾きながら歌うこと。作詞作曲した自分のオリジナル曲を歌うのだ。現在高校二年生の私には耳慣れないが、シンガーソングライターというものらしい。

私が小学五、六年の頃は、「早紀子、ちょっと聴いてくれる？」と言って私を椅子に座らせて目の前で、何曲かフルコーラスで歌ってくれた。歌い終わると必ず「どうだった？」と聞くのだ。

「うーん、いいと思う」

「そうか。どこがいいと思った？」

「うーん、全部」

「そうか」

中学、高校と進むにつれ父は私にオリジナル曲を歌わなくなった。去年の今頃、母から「お父さん、会社やめるって」と聞いた。「やりたいことをやる時間が全くない」かららしい。「一日十何時間も拘束されて頭の中も仕事のことでいっぱい。ギター弾くゆとりもない」。このまま還暦を迎えるなんて人生虚しすぎる」かららしい。父は59歳。還暦まであと一年ある。「60過ぎたら何かバイトする。それまでの一年間、好きなことをさせてくれ」と母を説得したらしい。

早期退職して半年。父の部屋からはよくギターの音と歌が聴こえる。それと同じくらい、リビングのソファーに寝転がってテレビを見ている姿も見かける。一日中父は家にいる。

「おい、早紀子、ちょっといいか？」夏休みももうすぐ終わる頃だった。

「ちょっと聴いてくれる？」父がギターと踏面台を持ってリビングに来た。

「いいけどすぐ終わる？　すごい久しぶりだね」私は携帯電話から顔をあげた。

父は譜面台にのせたノートのページをめくりながら、

「駅前に去年できたライヴハウスがあるじゃない？」

「うん、知ってる。『ｓｏｎｇｓ』でしょ？」

「週に一回、誰でも飛び入りで歌えるオープンマイクっていうのやってるんだ。千五百円、ワンドリンク付きで二曲演れるんだ」

「出るの？」

父は学生時代に文化祭で初ステージを踏んで以来、三十代前半までは仕事の休みを利用して何回かライヴハウスで歌っていたらしい。

「うん、およそ三十年ぶりだけど、人前で歌ってみようと思う。還暦前にやってみようと思う。今じゃなきゃ駄目なんだ。59じゃなきゃ。60じゃ遅いんだよ」

また始まった父の口癖。それにしても何故59じゃなきゃ駄目なんだろう？　還暦過ぎてからでも歌えると思うけど。私は歌い始めた父の歌が終わるまでずっと考えていた。

「どうだった？」

「うーん、いいと思う」

「どの辺がいいと思う？」

「うーん、全部」

「そうか」

ギターや譜面台を片付けてトイレに行った父がテーブルに置いていったノートを私は何

気なく覗いた。

『夜明けの海』『夢と希望を追いかけて』『信じる毎日』父が作った歌のタイトルだ。

『ｓｏｎｇｓ』は二十人も入れれば一杯になるくらいの小さな店だった。私の他には客は五、六人。出演者が父を入れて七人、客席に座っている。十二月の最初の日曜日。母はどうしても行きたくないというので一人で来た。母の気持ちはわかる。恥ずかしいというのもあるだろう。私はといえば、「59じゃなきゃ駄目な」父の歌を聴いてみたい気がする。


出演者一番手は若い女性のピアノ弾き語り。ピアノといっても店に設置してある電子ピアノ。私もよく知っている最近のヒット曲を歌う。二番手は四十代くらいの男性によるクラシックギター独奏。こちらも私でも知っている有名な曲を二曲。皆さん常連らしい。お客さんも出演者と知り合いらしく和気あいあいと進んでゆく。店長が一応司会なのだが、決められた順番通りに進行するだけで、自己紹介やお喋りも出演者が自分だけでこなしてゆく。二曲演り終えると次の人と交代。三番手は二十代の男子。ギターをかき鳴らす感じで歌も叫び気味。恋愛がテーマのオリジナルを歌う。なかなかいい曲。ここまで、皆さん歌も演奏も上手だと思った。そして、いよいよ……。

「はじめまして。このお店で歌うのは今日が初めてです。初めに若い頃作った曲を歌います」

　ギターを抱えて椅子に座った父の様子は普段と変わらない。大して緊張もしていないようで、夏に家のリビングで私に聴かせてくれたように歌い始めた。

　知らないふりがよく似合う　他人の町の三丁目
　名前を持たない人々が　今日もすれ違うめぐりあう
　都会の暮らしはいつだって　朝だって昼だって　夜明けの海によく似てる

　一曲目は『夜明けの海』だ。父のお気に入りオリジナルのひとつ。前から思っていたのだが、何故都会の暮らしが夜明けの海に似ているのか理解できない。謎の歌。思えば父の書く歌詞はヘンなものが多い。

　ぱらぱらと拍手が鳴り終わった。父は客席には目を向けず譜面台に置いたノートをめくりながら「ありがとうございます。時のたつのは早いもので次の曲がラストです」客席からちょっと笑い声が聞こえた。

「ワタクシゴトで恐縮ですが、実は来年還暦を迎えます」ここで客席から笑いと拍手が起こる。おめでとう！　という声もあがった。

「どうも。60になる前に一曲作りたくて、それを歌いたくて今日来ました。聴いてください」歌い始めた曲は私も聴いたことのない歌だった。

59と書いてフィフティーナイン　60まで一つ足らない　まだ空きがある
若い頃から生きてきた　年をとっても生きている　ある日後ろを振り返る
作れたのか　終わらせたのか　何か足らない　まだ空きがある
思い出せることがない　してない　できてない　そんな気がする
フィフティーナイン　60まであと一つ　まだ空きがある

今まで私が聴いてきた父のヘンな歌の中でこの曲が一番ヘンだ。歌が終わって少し間があって拍手が鳴った。「ヨー」と「ヤー」が入り混じった歓声のような声も聞こえた。皆さん、反応に困ったのではないだろうか。

「じゃ先に帰ってるね」父の出番の後休憩になった。後片付けをしている父に近寄って私は言った。

「おお。ありがとう。最後まで見ないのか？」

「うん」

「どうだった？　父さんの歌」

「うーん、いいと思う」

「どっちが良かった？」

「二曲目。いいけどヘンだった」

「どの辺が？」

「うーん、全部。うーん、歌詞かな。あっ、でも曲良かった」

「そうか」


来た時はまだ明るかったのに、店を出ると外はすっかり暗くなっていた。駅前通りをたくさんの人たちが行き交っている。明るいショーウィンドウが並ぶ前を歩きながら考えた。父は今までそうしてきたように、これからも作詞作曲をして歌い続けるにちがいない。

店先からクリスマスソングが聞こえる。最近のヒット曲も。賑やかに色んなメロディーが耳に飛び込んでくる。

すると突然。あれ？　この歌何だっけ？　頭の中で曲が鳴った。うーん。あっ、あれだ。さっきの。

フィフティーナイン　60まであと一つ　まだ空きがある

新しい家族のあり方

俵　和敏

「ボランティア里親」私のやってみたいことである。本格的な里親となると毎日子どもと接する必要がある。愚息に対しても、それほど接したことはない私にとって、さすがにそれは出来ない。大変厳しいように思われるからだ。幼い頃、送迎もしたこともないのである。唯一、したことと言えば、小学生の高学年から三者面談の為に学校を訪れたことと毎月一回は一緒に釣りに行ったことぐらいである。

言い訳するようだが、それほど子育てに関わりたくなく、接したくなく、したくないという思いがあったのである。

週末、盆、正月を一緒に過ごすのがボランティア里親である。それならば、出来るのではないかと考える。幸いにして私の実家は今部屋が余っている。以前、盆、正月には妹家族、友人、そして私の家族も一同に会して実家で過ごしたものだ。

しかしながら、いつの頃か、愚息は実家を訪れることもなく、妹家族、友人も実家から遠ざかって行った。

このような状況の下、以前に実家を訪れた人達が、再び訪れる可能性は低いと思われる。となると、新たに人を迎えるという方が可能性は高いのではなかろうか。

「盆」、私の地区には古くからの慣わしがある。早朝、親戚の墓参りを行うのである。父の生存中は、父母と。その父は三十二年前に他界し、子どもが生まれた後は母、愚息と。十数年前から母と二人で墓参りをしてきた。しかし、それも難しくなってきている。取りあえず、私が一人で参ればよいのではあるが、出来るものなら誰かと一緒に参りたいものである。

そのような微かな願いがあり、ボランティア里親を考えたのである。盆に泊まりに来た子どもと一緒に墓参りが出来るのではないかと。だが、決して強制ではない。愚妻、愚息に対しても一緒に参るように言うつもりはない。況《ま》してや、ボランティアで預かる子どもに関しては尚更である。

唯、私の夢は「桃李言わざれども下自ずから蹊《みち》を成す」である。先祖の墓、私の墓に花一輪、線香一本を供えてもらえるような人間になることである。

もう一つの夢もある。恐らくここに泊まるとなると児童養護施設の子どもたちが主になると思われる。その子どもたちは幼い頃基地がなかったのではなかろうか。

仮に私の実家に泊まった子が成人し、仕事を始めたとしても、ゴールデンウィーク、盆、正月にはまたここに遊びに来てもらいたい。実家を基地にしてもらいたいのだ。ここに友人を連れて来てもいい。結婚したなら奥さん、子どもが出来たなら奥さん、子どもと一緒に来ればよい。それは、私が生きている間だけではなく、死んだ後でもそうして利用してもらえばよい。私が生きている間は実家の管理をしようと思っている。しかし、死んでしまえば、空き家となることは明白である。彼ら彼女らが来てくれることで、家に風が入り、家が呼吸出来る。私がこれを実現出来れば、これから避けることが出来ない空き家対策の一つになるのではなかろうか。

出来る限り早く、この夢を叶えたいと思っている。決して実現不可能なことだと、私には思われない。

空《くう》の世界

月あかり

「一緒にご唱和ください」法事で和尚様に本を手渡され、目に入ってきた般若心経の『空』の多さに愕然とした。お経に空の文字がこんなに多いとは。お経に多い文字を犬の名前にしたのが悪かったのか。だから娘の法事をしなくてはいけなくなったのかと、息をしているのが精一杯なその時は思い、悲しみが増し、涙が一層あふれた。

我が家の犬の名前は、空《くう》と言う。

今から十三年半前のことになる。幼い頃から犬を飼いたくて仕方がなかった子供達の念願叶い、やっと犬を迎え入れることになった。名前を決めなくてはならない。候補は沢山あがったが、「空《そら》と書いて『くう』はどう?」の娘の一言で決まった。我が家にやってきたのが、シルクのような優しいほわほわ手触りの白いトイプードルの空だった。

しかし、私は幼い頃、可愛がっていた近所の犬にいきなり噛まれてから犬が恐くて仕方がなく、子犬の空がいつ噛んでくるか恐くてならなかった。正直、飼っても世話はどうせ私になるに決まっている。冗談じゃない、と心から犬を喜んで迎え入れたわけではなかった。案の定、世話は私がほとんど担うことになった。初めて犬を飼うので、全てが手探り状態で、おまけにいつ噛むか分からない恐怖心を抱えて犬との格闘は始まった。トイレを何度も教えても所構わずおしっこをしてしまう。その度に片付けて洗濯をして、やれやれと思うと、また粗相しての一日何度もの繰り返し。ゲージの中に敷いた新聞はすぐにビリビリにし、必要だろうと入れた布団も一瞬で破り綿を出してしまう。ゲージ越しにそっと覗けば、上目遣いでこちらを窺う姿も生意気に見えた。その上、家具をガシガシかじるし、リモコンは噛んで壊すし、こんな物まで噛むのかと思う携帯は歯形が付き変形した。図書館の本を宅急便の受け取りの間に噛んでボロボロにし、謝りにも行った。空はむしろこれらを楽しんでいるのかと思えるほどで、馬鹿にされているようでもあり、次第に可愛さよりもう嫌！　の気持ちが大きくなった。おまけにあれだけ警戒をしていたのに、手に甘噛みをされ、内出血でグローブのように腫れあがってしまった。やっぱり可愛がっても噛むじゃん。空を可愛がる娘とは裏腹に「こんな犬、もう知らない！　可愛くない！」怒りと共に、とうとう限界で口を突いて出た言葉だった。その私の傍らで、娘は空を抱っこし撫でながら、「こんなにいい犬なのにね。何で分からないんだろう」と、ぽつんと一言つぶやいた。この言葉が忘れられない。娘には、空の優しくいい性格がお見通しだったのだろう。

空が家に来て二年が経った頃、娘が急な病に倒れた。娘は生きようと必死だったが、一か月の闘病の末、遠い空へ旅立ってしまった。私はその五か月前に母を送ったばかりだった。母を送った時には、次は私の番だからと思っていたのに、まさかそれから間もなく子供を送るなど思うはずもなかった。頭では理解していることも、心がどこか遠くにある感じで目の前のことを受け止めきれずにいた。そんな時にも、空の世話はしなくてはならない。なんでこんな時に、犬のご飯やトイレのことをしなくてはいけないのかと嘆いた。究極の悲しみの時にそっと心に寄り添ってくれる人もいれば、信じられない言葉を放つ人もおり、ひどい噂まで耳にすると、弱りきった心に言葉の刃が深く突き刺さったままであった。だから人が自分を見る目が辛く、人に会いたくなく、散歩にも出られなかったかすかな記憶しか、今はない。しかし、悲しんで泣いてばかりいることを娘がきっと望んでいないから、前を少しでも向かないといけないとの思いが芽生え始めた。苦しいながら傷ついた心は、人がいない時間帯を考え、意を決して散歩に出ようと思うようになったのは、数年経っていたかもしれない。

そんな気持ちで散歩に出たある日、ランドセルを背負った下校中の男の子に会った。一瞬小学生とはいえ、人に会ってしまったと心はざわついた。その子は、空を見るなり「かわいいなぁ」と、ランドセルを背負ったまま道に座り込み、空を抱き寄せ撫で始めた。心から可愛がってくれている姿があった。「なんて言う名前？」「何才？」次々質問される。その時は、質問に答えるだけで精一杯だった。それからあまりにも偶然に下校時に会うことが多くなり、その度に「くう〜」と呼びながら走ってきては道に座り込み可愛がってくれる。少しずつ「今日は何時間まであったの？」そんな会話から私も人への恐怖が和らいでいくのを感じ始めていた。そして少しずつ空のためと散歩に出られるようになっていった。

ふっと空は吠えることもなく、誰にも噛みつくこともなく、自分にされることは全て静かに受け入れてご機嫌でいることに気がついた。どんな時もしっぽをふりふり喜んでいる不思議な犬だと思った。娘が言っていた、「こんなにもいい犬なのに」は、これを既に家に来た時から分かっていたのだろうか。何事も受け入れる、それがいかに難しいか身をもって分かっていたが、そうだ、空を少しでも真似てみようと思い始めた。

誰からも好かれるということは、みんなから可愛がってもらえることに繋がる。犬を怖がっていた近所の子供達も、空が噛んだり吠えたりしないことを知ると、「くうちゃ〜ん」と近寄ってきてくれるのが一人から二人と増えていき、白いふわふわな毛を撫でてもらえ可愛がってもらえる。時には、散歩途中で会った子供達にリードを持ってもらい一緒になって走り、みんなに笑顔がはじけた。縁とは不思議なもので、こうなってくると犬を飼っている友達も少しずつ増え、会話が増えていった。

今年の七月で娘の旅立ちから十一年目を迎えた。ランドセルを背負って道に座り込んでいた男の子も、一緒に走ってくれた子供達も高校生になった。時が流れても通学時の子供達には「くうちゃ～ん」と呼んでもらい、撫でてもらいみんなで笑い合う時間。散歩の途中で窓から小さなお友達にも呼び止められ話す時間。雨が降り始め「濡れちゃうよ」と持っていた小さな傘をかざしてくれる優しさも知った。犬友達とは「元気だった？」から始まり、犬の話題で散歩している時間より話している時間が長い時もある。犬の散歩は、通りすがりの人からも声を掛けられ会話をしたり、四季折々の風を感じて歩く。空のお陰で知る世界が広がり、それが楽しく癒やされる時間になった。空が繋げてくれた人達。かけがえのない人と時間になっている。

先日、ふっと般若心経の空の意味を知りたくて調べてみた。変化すること。あるがままを受け入れる意味があることを知った。法事の時、単に『空』の字が多いことに愕然としたが、空はまさにその意味通りの生き方をしている。

その空も今年の六月には膵炎《すいえん》になり、お別れを覚悟した。空との時間もきっとどこかで決まっているのだろう。以前はいつかお別れの時は、娘が手を広げて迎えに来るだろうから寂しくないと思っていたが、まだ連れて行かないでねと願った。皆からも心配してもらい、お陰で回復した。流石《さすが》に十三歳になった今、目は白くなり、否応なしに少しずつ老いを感じてしまう。遠方にいる家族の電話の一言目は「空は元気？」になり、空はすっかり家族の一員。空の話題で笑顔があふれる。今では犬が嫌だと言っていた私は微塵もない。今日も静かに見上げてくる目を見つめていたら、人に見つめられている感覚に陥った。いや、空は犬だよな、とひとり苦笑した。ほわほわ毛の頭を撫でながら、一緒に過ごすことができる時を愛しんでいる。空の優しさで悲しさを少しは乗り越えられ、空の生き方を見習っていたら、私の生き方も考え方も変わった。空に会えてよかった。空は『空』共に様々な世界を知る日々なのである。

走り出した私

渡邉　アレク

　私は、生まれ育った町で医師として母の診療所を受け継ぎ、高校生の娘と、同じく医師である夫とともに暮らしています。医師になるべく必死に勉強した10代、医師として働くことの緊張感の毎日だった20代、子供を授かって必死に育てた30代、いまさらながら、知識以上に心を持って仕事にあたることが大切だと気づかされた40代を経て、50歳になった私は、日々自分を取り巻く日常の出来事について書き留めて、誰かに伝えたいと思うようになりました。

　きっかけは、今から7年前、44歳の時、地元の医師会雑誌の原稿依頼を受けたことでした。女性医師が、持ち回りで、日々の暮らしや仕事、趣味などについて、思いのままに書く「女医通信」というコーナーで、これまで読書感想文くらいしかまともに書いたことがありませんでしたが、あの時の私は「そうだ、書いてみよう」と、半ば衝動的に引き受けたのでした。

そこで誕生した、私の記念すべき処女作の中で、夫婦共働きの我が家では、家事や育児に男女の区別はなく、家計も含めて半分半分にして受け持つというライフスタイルを紹介したのですが、掲載後すぐには反響がなかったものの、数年を経て、面識のない方々から思いがけず、こんな感想をいただきました。

「あの文章、本当に面白かったです、ずっと先生がどんな人だろうと思っていました」や「あれを読んで、我が家でも主人に積極的に家事をしてもらっています」と声をかけられたのです。

読者というには恐れ多いですが、自分の書いた文章で、誰かが、何かを感じた瞬間があるということが、書くことへの大きな原動力になりました。

その後は、「私のコロナシリーズ3部作」として、医師としての仕事の全てがコロナという新興感染症によって一変したことや、コロナワクチン接種という国家事業に診療所としてどう取り組んでいったか、さらには、コロナ禍の中、生活に楽しみを見出す工夫を紹介するなど、立て続けに地元の医師会雑誌に今度は自らすすんで投稿し、掲載してもらいました。特に最後の作品は、とあるエッセイコンテストへ応募したことで、毎日、授賞式に出席する自分を夢見ながら過ごしていたものの、結果、佳作に終わり、授賞式にあと一歩及ばなかった現実を、12時を過ぎて、すっかり魔法がとけてしまったシンデレラの物語に置き換え、どちらかと言えば真面目な内容に終始していたそれまでと違って、くすっと笑える面白い作品に仕上がりました。そして、このコロナ3部作の掲載で、ついにはファンレターが届いたのです。

「あなたの文章は前向きで明るく、人の心を照らす天性のものを感じます。」

この素敵な言葉は、そのファンレターの中の一節です。

50年も生きていると、大概の人生経験を積んでいたように思っていましたが、まだ人生で経験したことのない10のことがあるとすれば、ファンレターをもらうことは、間違いなくその中の一つにあたるでしょう。ですが、その一方で中傷の手紙もきっちり届きました。これまでラブレターももらったことがなかったのに、よもや50歳にしてファンレターから中傷の手紙まで一気にもらうなんて、人生まだまだ何がおこるかわからないと冷静に思ってはみたものの、ことごとく批判的な手紙を読んでいると、さすがに心が傷つきました。ですが、そんな時は私の絶対的な読者である娘がどんと私の前に立ちはだかって、守ってくれました。

「だいたい、きょうび、わざわざ手紙に書いて切手を貼って感想を送ってくれるなんて、よっぽどママの文章を読み込んでないと、面倒でできやしないわ。良い悪いは別にして、それほど、心に響いたってことよ！」

そう言って、中傷の手紙を取り上げると、どこかへさっさと隠してしまいました。おかげで、もう文面も思い出せません。

こうして、紆余曲折がありながらも、自称エッセイストとして走り出した50歳の私の日課は、日々の出来事を思いのままに、そして時には限りなく妄想を膨らませながら書き綴ることから始まります。そうやって書いた文章は前後の脈絡もなければ、繋がりも結論もなく、心の声そのままですが、そんな文章を何度も何度も削ったり肉付けしたりする作業を繰り返していくうちに、ある時、自分でも想像もしなかった結論に辿り着くことがあります。書くことで、頭の中で散乱していたものが、一本の線になって繋がり、終点へと辿り着く瞬間です。

それは、まるで妄想という名の列車に乗って、創造の未来へと続く一本のレールの上を走っている感じです。どこをどう走っているのか、レールはどこまで続いているのかもわかりませんが、途中下車もしつつ、時には思いがけない人々も乗せて、いくつもの分岐点を越えながら進んでいます。そして、いつか、見たこともない終着駅に降り立つ自分を楽しみに、私はこれからも書いて書いて書き綴っていこうと思います。

手を携えてアダージョ

青柳　勉

久々にアルビノーニのアダージョを聴いた。

ストリングスとオルガンの演奏が美しい。毎日でも聴きたい曲の一つである。

このアダージョは映画の音楽に使われ、卒業式などで流されることも多い。穏やかで美しい響きは幸福感に包まれる気分になる。

日本人的感覚のアダージョは、温泉に浸かる時の心地よさのようだと思うことがある。

私はこのアダージョを聴くたびに、我が家にあった二つの出来事を思い出す。

それは、

「三十五年前の九月九日」

「二十五年前の十二月十三日」

この二つの日のことは今でもはっきり覚えている。詳しく書くと胸が詰まる思いがするので少しの内容だけにしておきたい。

九月九日は救急の日。この日は大雨で、救急隊員と病院の皆さんに本当にお世話になった。病院では生死に関わる危険のこと、将来の困難が予想されることなどを宣告され、生きた心地がしなかった。しかし、何の後遺症もなく完全に復活するという奇跡があった。宣告された内容が全く消え去ること、我が子の幸運を素直に喜んだ。

一方、十二月十三日のことは妻に重荷を負わせてしまった。私の願いを受け入れ、将来に向かって一緒に生きることを選択してくれた。もしも願いが叶わなかった場合は厳しい現実にさらされる運命が待っている。なんとしてでも最悪の事態だけは回避したかった。


これほどの辛い思いをさせたのだから、少しでも幸せな人生を味わってほしいと願っている。できることなら代わってやりたいくらいであるが、それを言うと悲しみが更に深くなるので言葉にできない。

二つのことを振り返ると、我が家は運命に見放されずに守られたとつくづく思う。この見えない運命を守り神に、妻と一緒に生きることができたら、どのような困難があっても乗り越えられるし我慢も厭《いと》わない。

これまでに疑問に思っていたことがたくさんある。曖昧だった知識を、地に足をつけて整理してみたい。どのようなことでも、じっくり取り組もうとすると根気が必要となる。あれこれと想像しながら、興味のあることを二人で見つめ直すことも価値がある。そのような古希の始まりがあってもいいと思う。

妻も私も自然の風景や生態に興味を持つことが多い。特に妻は野鳥に詳しい。私は教えられて初めて気がつくことばかりである。

今は白鳥の飛来する地域に住んでいるので、身近に白鳥がいることを不思議に思う。私の暮らし方も、ほぼ渡り鳥と同じようである。

少し北の辺りには伊豆沼という広大なラムサール条約のサンクチュアリがある。そこの規模より小さいが食糧事情のいいこの地域に、白鳥は群れて冬を過ごしている。

白鳥は一か所に集団で固まり、刈り入れが済んだ後の落ち穂を食べている。そのようにして十月半ばから三月頃までを飛来地で規則正しく過ごしながら成長して行く。

今年については、私の残された仕事の時間と重なるので、お互いに似たような過ごし方をしていると思うと急に親しみが湧いてきた。

最近知ったことだが、「ふゆみずたんぼ」の存在があることが分かった。この取り組みが環境の保護、人間との共生に繋がっていることは言うまでもない。自然を守る努力をする人たちは、正に渡り鳥の後方支援部隊である。

また、この地域は何度も洪水に見舞われた歴史がある。仙台藩の治水事業と明治の国営事業により大崎耕土が整った。治水事業の歴史は鎌倉時代まで遡り、陸奥国と上総国からの入植者が開拓した記録も残っている。近年の篤志家・野田家も上総の坂東の出身である。ここは脈々と続く歴史の上に成り立っている。


いつも朝と夕に白鳥の飛ぶ姿を眺めている。すぐ真上を通過するので姿と表情まではっきりわかる。初めて見る光景である。

時々、松島基地のブルーインパルスが上空を通過する。白鳥たちは時代も変わったものだ「グアグア」と話しているのかもしれない。

夜には白鳥の鳴く声が響き渡る。これは群れの団欒か、はたまた敵対する物への威嚇なのかと、つまらぬ想像をしている。

鳴瀬川に棲む白鳥の鳴く声を聞きながら、夜勤の夜、いつしか眠りについてしまう。


山にも自然の驚異の歴史が存在している。宮城県北部から岩手県南部にかけては金鉱石を採掘する金山開発の歴史があるからだ。隣町の湧谷町は日本で最初の産金地である。その金が奈良の大仏の建立に貢献しているというから驚きである。その歴史の事実が黄金山神社に行くと分かる。

参道を歩くと大韓民国の代々の領事が植樹した桜の木が育っている。何故かと思いながら産金の歴史を見ていたら渡来人のことにたどり着いた。

平城京で聖武天皇の時代にいた百済王敬福《くだらのこにしき》により産金の技術が進み、東大寺大仏の建立に大きな貢献をした。聖武天皇はそのことを大変喜び、天平感宝と年号を改めたほどである。

私が訪ねた時、寺社の関係者と思われる人が来ていた。植樹された桜の前を通過したが、特に気に留めることもなく通り過ぎて行った。

代々の領事が黄金山神社に詣でる時、先人の偉大な功績を讃えているのかと感じる。私も運命の力に支えられたので、一握りの草、一握りの土を持って大仏に供えたいと思う。

『万葉集』巻十八「賀陸奥国出金詔書歌」に大伴家持の長歌の一節がある。軍歌にもなったが産金を祝う古歌として心に留めたい。

海行かば　水漬く屍　山行かば　草生す屍
大君の　辺にこそ死なめ　かへり見は　せじ

涌谷町の黄金山神社と同じ名称の神社が金華山にあるので訪ねてみた。牡鹿半島の鮎川港から船で二十分のところにある島である。

一度行きたいと思っていた金華山なので、黄金山神社のつながりで実現したことは嬉しい。神社の繋がりを聞くと、涌谷町の黄金山神社とは関係がなく、捕鯨の町の鮎川の繁栄を祈念した社であった。金華山黄金山神社に三回詣でるとお金に困らなくなるという。

島から眺める半島の奥に奥羽山脈の稜線が一筆書きのように見える。急に震災前に見た鮎川港が蘇って来た。新しいフェリーターミナルには「港ピアノ」が置いてあった。


毎日通る道沿いに鶏神社という小さな赤い鳥居の社がある。鳥居の前で立ち止まり、形のない守り神へ朝夕の挨拶をする。これが日課となり、我が家の幸運と家族の無事を祈る。

神社のことを調べる傍ら、涌谷町文化財友の会の会報に天平産金の功労者たちという論文を見つけた。この内容から帰化系渡来人、陸奥国と上総国坂東との関係、仏教文化の普及の歴史がはっきりとして疑問が解けた。更に南郷町の野田家の地域貢献も納得ができた。

私の次の住まいは坂東の周辺であり、何という偶然かと気持ちが昂《たかぶ》った。我が家を守ってくれた見えない運命の縁なのかもしれない。

アルビノーニのアダージョから始まった心地よさ。ようやく自然な心の穏やかさを取り戻すことができた。白鳥と金のキーワードが新たな始まりの扉を開いてくれたからだ。

この先、たとえどのような困難があろうとも妻と手を携えて生きる人生である。アダージョのリズムは、何事にも代えがたい「白鳥と金」となって輝くと信じている。

桜の散る前に

築山　俊昭

新しい職場に来て三か月、総務の仕事は戸惑うことが多いが、新入社員の受け入れは、今の自分の心境に通じるものがある。彼らにとっては、新社会人としての門出、私にとっては、第二の人生の初仕事だ。

毎年、この時季、妻と京都へ花見に出かける。今年は、京阪三条から鴨川沿いの満開の桜の下を散策する。五条大橋で折り返し、右岸に渡って、暫く歩いたところに和風建築のレストランがある。近代建築に詳しい妻が予約してくれた。

「ランチはお手軽なのよ。夜のコースでは、とてもこんな値段では食べられないわ。夜のコースのメニューあるかしら」

「……そうなんだ」

自慢気に話す妻に、気の無い返事をしてしまった。ちょっとばかりのお酒で酔いが回ったようだ。慣れない仕事の疲れと、この時季特有の体調不良が重なったのだろう。外の空気を吸って少し歩けば、きっと回復すると甘く考えていた。

「あら、顔色悪いわよ。大丈夫なの？　もう、仕事、行くのやめたら。一緒に帰る？」

妻は、定年後、相談なく再就職を決めたことを快く思っていない。そうした感情から出た言葉とも受け取れる。

「今日は無理して有給取ったんだから、せめて、来週月曜日の入社式の準備は手伝わないと。無責任だと思われたくないから」

「相変わらず真面目なことで。そんなんじゃ、第二の人生もすぐに疲れ果ててしまうわよ」

妻の言うことも分かるが、性分が許さない。お店を出て、妻と分かれた後、河原町四条まで歩くと、心持ち気分が良くなった。阪急で梅田まで一本だから、その間に酔いも醒めるだろうと思っていた。平日の昼間の電車は空いていた。窓際の席に座り、うな垂れるように窓枠にもたれ掛かり、回復するのをじっと待った。十三を過ぎ、次は梅田というのに、段々と気が遠くなっていく。微かに、周囲に人が集まって来る気配を感じたが、それからどうなったのか、記憶が完全に飛んでしまった。

「分かりますか？　お父さん、駅で倒れられ、救急車で運ばれたんですよ。ここ、病院です。頭の検査が終わったところです。口、怪我されてますが、お話できますか？」

中年の看護師が話しかけてきた。それでも、自分に何が起きたのか、全く思い出せない。

「携帯、お借りして、家族の方に連絡しているのですが。この方は奥さんですよね。繋がらないんです」

妻の名前を指しているのでうなずいた。その下の名前を指差し、息子だと伝えると、手慣れた様子で電話を掛け始めた。人の携帯を勝手にと思ったが、諦めの気持ちが頭の中を覆った。

「もしもし、こちら、大阪にある済生会中津病院です。……お父様の電話をお借りしています。お父様、梅田駅で倒れられ、こちらに救急搬送されました。命に別状ありませんので、ご安心ください。こちらに来れますか？　……ああ、そうですか。分かりました。お待ちしております」

「息子さん、すぐに来られるそうです」

看護師は、携帯を私に返し、暫く安静にしているように告げて、その場を去って行った。

まだ、息子が高校生だった時、学校から職場に電話が掛かって来た。朝から体調が悪く、保健室で休んでいるので、迎えに来て欲しいとの連絡だった。仕事を早々に切り上げ迎えに行くと、担任がすまなそうな顔で出てきた。「試験勉強で寝不足のようです」と説明されたが、一晩中ゲームをやっているのを知っていたので、申し訳なく思ったものだった。

そんなことを思い出しながら、救急搬送と聞いた時、息子はどう思っただろうかと想像した。これは、あの時と立場が逆になったなんて話じゃない。息子は、親父がこの世からいなくなる不安を感じたに違いない。

一時間もしない内に、息子は病院にやって来た。娘の智佳にも連絡し、こっちに向かっているそうだ。妻とは、相変わらず連絡が取れていないとのことだった。

「すまん、仕事中に無理させて」

「会議中だったけど、上司に事情話して抜けてきた。大した会議じゃないから。それより大丈夫なの？」

親として、息子を心配そうに見ることはあっても、息子の心配そうな顔を見るのは、初めてかもしれない。

「もうすぐ、孫が生まれるのに、孫の顔を見る前に死なないでくれよ」

その言葉に、消化し切れない気持ちを全て込めたようだった。息子が医者に呼ばれ、検査の結果を聞いている。医者とどんな話をしているのか。今は息子が保護者なんだと思うと、父親としての立場が一気に萎《しぼ》んでいくように感じた。医者と息子がこっちにやって来た。

「電車で、座席から立ち上がった際、貧血になり、倒れた拍子に座席の持ち手に頭をぶつけられ、脳震盪を起こしたようです。一か月ほどは注意が必要ですが、恐らく大事ないでしょう」

医者の説明は簡潔で、そのことが大したことない裏付けのように思えた。息子に財布を預け、病院の清算をするように頼んだ。待っている間に、息子が妻に電話すると繋がった。

「何で出なかったの？　美容院？　お父さん駅で倒れて、救急搬送されたん。検査して異常なかったから、心配はいらない。……来なくて良い。もうすぐ智佳も来るから、タクシーで連れて帰る。家で待ってて」

娘が病院の入り口に姿を現した。ちょうど近くに居合わせた息子から事情を聞いている。こちらをチラチラ見ながら、厳しい顔付で近寄って来た。

「お父さん、大丈夫なの？　一歩間違ってたら死んじゃってたかもしれへんやん。もう、気を付けてよ。意識無かったんやて。携帯で連絡とれたから良かったけど、これからは迷子札付けてもらわなあかんちゃう」

捲《まく》し立てる娘に、「子供扱いするな」と言掛けたが、心配かけてしまった引け目から黙ってしまった。これがこの子の優しさなんだろうと、無理やり納得した。

「お母さん、美容院やて、呑気やなあ。お母さんらしいけど」

子供二人が駆けつけてくれて、家族の主役は、もう親から子供達に移ったことを意識させられた出来事だった。

翌日、入社式の準備を他の社員に任せっきりにしたので、せめて準備状況だけでも確認しようと出社した。電車の中で携帯を見ると、ＬＩＮＥに息子からのメッセージが入っていた。

「今日は、一日、家で大人しくしてなあかんで」

流石《さすが》、息子は見抜いている。すまん、親父はまだ第一の人生から脱皮できていません。子供達が独立し、それまでの家族の関係が緩やかにほどけていくのを感じていた。親の方は、第二の人生などと恰好つけているが、それも単なる強がりに過ぎないのかもしれない。良くも悪くも、人は、そんなに急には変われない。気持ちも付いていけない。

ＬＩＮＥのメッセージに、後ろめたさを感じながら、ニンマリとしてしまった。

息子家族に感謝

小麦　空

突然決めた退職だった。六十五歳のゴールに向かって奔走していた私。

神奈川の我が家から、バスと電車で二時間半離れた東京郊外に住む息子家族には、小学校五年生と三年生の男児がいる。ゴールデンウィークやお盆休み、年末年始にその孫たちが遊びに来ることを励みに、朝から晩までフルタイムで働いていた私だった。

同居していた父が三年前に、それを追うように母が次の年に他界したが、その時はまだ実感がなく、忙しく働くことで悲しみをその日に置き去りにしていた。そうして自分の気持ちを偽って生活をしていると、身体のどこかで不協和音が鳴り出して、気づかぬうちに体重が五キロも落ちていた。不安で眠れぬ夜が続き、耳鳴りや動悸が起こり出した。

ところが不思議なもので、孫たちと会い、一緒に過ごしている時間だけは、身体の不調が嘘のように消え、食欲も増すものだから、誰からも心配の声はかかることなく、本棚にだけ「自律神経」「健康」「食」に関する書物が、日に日に並ぶようになっていった。

頭のどこかで「心の病」という言葉が浮かぶ度に「そんなことあるはずない」と打ち消した。

東京で戦争を体験した父の「終《つい》の棲家は、焼夷弾の雨の中、逃げ回った記憶の東京から離れ、自然豊かな地でのんびり暮らしたい」という思いを叶えた神奈川への転居。窓の外の景色を眺め、嬉しそうにしていた父の穏やかな生活は、僅か五年。その父の亭主関白から解放され「羽を伸ばして暮らしたい」という母の念願の自由な生活は、たったの一年。苦労と忍耐と、真面目を絵にかいたような両親の人生は、果たして幸せだったのだろうか。

そして、その両親の最期まで、一緒に暮らした私は、親孝行できたのだろうか。

「今の仕事は辞めたらいけない。働き続けることが大切だ」と両親に言われるがまま、忠実に従い、神奈川に転居後も自宅と職場の片道二時間の通勤を続けている私の人生は、これでいいのだろうかと思い始めていた。

四十年間迷うことなく、同じ仕事を続けてきた私は、井の中の蛙。まさに世間知らずのまま歳を重ねただけだった。

「仕事で忙しい」を理由に、趣味も人との付き合いも、自分の素直な感情ですら、長きにわたりおざなりにしてきた私には「自分はどうしたいのか」がわからなくなっていた。

働き続けることにしがみつき、いつの間にか自宅と職場の往復を繰り返すだけの生活になっていた。

そんなある日、息子家族から「三人目の子どもができた」と知らされた。

馬車馬のように、ただ前に向かって走り続けていた私の頭の中で、プツリと何かが切れた。

次の日に、私は職場へ「退職届」を提出した。

ぽっかり穴が空いたような日々の始まり。

空が明るくなるころ自然に目が覚め、夜になると眠くなる。時間に追われることなく、ゆっくり朝食を作り、テレビを相手に食事する。自宅から駅まで二十分ほどの道のりを、散歩がてらぼんやり歩き、目についたお店で昼食を摂る。午後には、今までやったことがなかった庭の手入れの他、家の中の隅々の掃除や断捨離に至るまで、時間はたっぷりとあったが、気がつけば、声を出すことを忘れていた。

「筋力・体力低下」「年金暮らし」「認知症」「孤独死」と世の高齢者が抱える問題が現実として自分の身の上に降りかかっているのだと不安が募り始めた。

「退職したら、あれこれやってみよう」と夢見ていた若かりし頃の私には、気力や体力や実行力が年齢と共に失われていくことなど想像することはできなかった。むしろ他人事で、自分の身に起こることとして認識していなかった。

五十歳を過ぎると次第に白髪が増え、老眼も進んだ。還暦が目前になると、何をしたわけでもないのに右膝が急に痛くなり、暫く歩けなくなった。健康診断では、血圧やコレステロールが高めだと診断され、原因不明の体調不良が頻繁に出現するようになった。

それでも、現実の自分に向き合わず、受け入れず、抵抗した。白髪を染め、老眼鏡を使わず、身体にいいと言われるものを一日の中で摂れるだけ胃腸に詰め込んだ。

根拠のない自信で「自分は大丈夫」と虚勢を張っていた。

そんな私が壊れてしまうギリギリのところで「三人目の孫」の知らせが、退職の道へと私の背中を押した。

私の退職後、小学校が夏休みに入ると、孫二人だけで我が家に泊まりに来た。孫たちと私は毎日「どこへ行こう、何をしよう、あれを食べたい、これがいいね」と一日中を自分たちの好きなことでいっぱいにした。

「明日も明後日も、夏休みが終わるまでずっと、バーバの家に泊まるからね」と喜んでいる孫たち。

私が物心ついた時には、私の祖父母は他界していて、私は祖父母に可愛がられるとか、田舎に泊まるということとは無縁だった。

だからなのか、孫たちにとって、私が「おばあちゃん」であることや、我が家が田舎になっていることが、妙に嬉しく、幸せを感じることができた。

離れて暮らしていても、私にとってかけがえのない息子家族。その息子家族に、私の人生は助けられたのだと気がついた。

「こうしてはいられない」


朝は、柔らかな日差しや鳥や虫の声で目覚める。窓を開け、新鮮な空気を胸いっぱいに吸い込み、深呼吸。両親が笑う仏壇に向かいお鈴を鳴らす。線香の匂いが漂う和室。食卓には、具沢山の味噌汁に納豆と海苔とご飯。

食後は、果物と緑茶でひと息。

食器を洗う音、掃除機をかける音、洗濯機のスイッチを押す音。自分が奏でる生活の音に耳を傾けながら「今日は何をしようか」と自分に問いかける。

特別にしたいことではなく、こうして日常のありきたりな生活を楽しいと思う私が今ここにいる。

道端に咲く名も知らない草の花や木々の匂い、季節に移り行く山の景色、風の涼しさに気づく感覚を長い間忘れていた私。

行きつけのカフェのマスターやランチ店のオーナーさん、本屋の店員さん、体験教室の講師や受講生、マッサージ師さん、新聞屋さん、宅急便屋さん、ご近所さん。一日の生活の中で様々な人に出会い、言葉を交わすことで人の輪が広がりはじめると、次第にいろいろな仕事にも興味がわいてきた。

「今の私が、楽しく働くことができる仕事がしたいな」

少しずつでいい、ありのままの自分と向き合い、私らしい生活を見つけていこう。

世間知らずな私には、日常の生活の中に沢山の発見が待っているだろう。それらに触れ感じることで、日々はきっと私色に染まっていく。

見失っていた私のこれからの人生を取り戻してくれた、息子家族に感謝。

その家族の喜びに応えるため、元気に、毎日を楽しもう。それが私の第二の人生。

冒険家と家族

河野　順子

偉業を成し遂げた冒険家といわれた一九九七年五月。夫が日本人初北極点単独徒歩到達をしたその後も、家族の生活は相変わらず地味なものだった。

結婚した時も無駄な出費はしない。私が独身時代に住んでいた木造アパートに住み、子どもが生まれても子ども服は譲って貰った物、紙おむつは特別の時だけ、毎日布オムツを四十枚洗濯して使った。電動自転車のない時代のママチャリに息子と娘に荷物を乗せて毎朝、サーカスの曲芸のように保育園に送迎し働いて夢中で育てた。北極のシーズンは北極に太陽が昇り氷の溶けない春分の日と決まっていて、毎年貯めたお金もトレーニング遠征費に捻出する、身も心も金銭にも厳しい春分の日だった。

偉業を成し遂げた後、楽な暮らしができるのかと思う間もなく二〇〇一年。夫は多くの人たちと一緒に歩きたいと言い「北極点から故郷に徒歩で帰る旅」に出た。資金は募金で賄ったことが天候の悪化でも止められず、夫は北極海に落ちて終わった。

一九八七年。夫と出会ったのは、パキスタンの八〇〇〇m峰のナンガパルバット登山隊に加わったことだった。私にはドラマや舞台の鬘やメイク担当の仕事は望んで始めた仕事でも結婚相手に恵まれない仕事だった。

登山の経験もないのに仕事を休み、登山関係のマスコミスタッフに誘われて行こうと思ったのはこの視点を変えるつもりだった。

極地登山する人達は相当のエゴイスト揃いだと思っていた。その時、目の前にいた後に夫となる人は、誰よりも荷物を運び動き、人に親切でやさしく愛嬌があった。

「人は山に登らなくても冒険に出なくてもいつ死ぬかは判らない。

異国の地で自然しかない中にいなければ、本当にしたいことは判らない。危機感がなければ人を大切にできない。優しくはなれない。

人は、本当にしたいことをして生きるべきだと思う。やるべきことをしないで死ぬことはできないと思う」

その時笑って、夫は言った。

頷ける人に会えた。結婚を決めた動機だ。

二〇一九年。夫が亡くなって十九年。娘が結婚。息子は父と同じサッカーを始め、大学院でスポーツビジネスを修了してプロサッカークラブに就職、私も定年退職して横浜中華街で店をしながらの淡々とした一人暮らしになった。

ところが夫の亡くなった後、支援事務局を解散し、冒険遺品を分け渡して貰い私の実家の倉庫に保管していたが、八十六歳の母が居間で倒れて急死すると、実家の倉庫には置けなくなった。なけなしの貯金を出して倉庫を探す。東京都内ではひと月二十万円も掛かる。ようやく見つけた場所が南房総の中古一軒家。ここに冒険遺品の全てを移した。

この年は九月十月に台風十五号十九号二十一号と立て続けに南房総にも大きな被害をもたらした。

九月九日房総半島に多大なるつめ跡を残した台風十五号が、保管した南房総の家の屋根を見事に飛ばし、庭の松の木が根こそぎ折れて屋根に押しかかった。冒険遺品の全てを十八畳のリビングに置いていたことで無傷だったことが幸いだった。

台風など過去に来た経験もないという温暖な気候の南房総の近所の人は人柄も良い。親身になって駆けつけてくれて、屋根にブルーシートやベニヤ板を張り一時しのぎをしてくれた。とてもありがたかった。そして加入していた火災保険に助けられた。

台風や地震は自然災害。自然災害で苦労を背負う人もある。

長く生きていれば天災の経験は避けられない。災害が事を動かすことがある。

いても立ってもいられず、愛媛県に遺品保管をそのまま伝えるとすぐに愛媛県が動き出してくれた。

危機感が、私を、河野兵市を、動かした。

そして二十年経った二〇二〇年二月。愛媛県人物博物館に冒険家・河野兵市常設展示場が設置された。

二〇二〇年四月。新型コロナ感染拡大緊急事態の少し前のことだった。日本中が外出を控え自粛生活になり二十年住んでいる家の一階から三階を掃除断捨離で過ごすことができた。

人物博物館の学芸員さんも閉館中に冒険遺品のリスト作成を完成して「リストが思った以上に早く進み、企画展が出来ますよ」と連絡が入った。

二〇二一年十二月から二〇二二年三月まで、河野兵市企画展が行われた。

二〇二二年九月十三日。夫の出身校愛媛県立三崎高校で「河野兵市絵本プロジェクト」一回目講演会が始まった。

絵本寄贈講演は、学校、保育園、施設、少年院、これから細く長く続く、夫河野兵市の生きざまを息子が受け継いでいくプロジェクトにしよう。

講演は、夫が北極点単独徒歩達成した直後、達成記念にと出身校や地元の子ども達に、夢を伝えたいと忙しい合間にやっていたことを再び息子が始める。夫が講演した当時に比べれば取材人は少ないけれど、しっかりテレビ新聞の取材も入った。我が息子ながら頼もしい。

その絵本、『おうちに帰ろう』は、「テクテクと北、稚内から西、鹿児島を目指し黙々と歩いていると不思議な変な動物や人達がゾロゾロ付いて歩いてくる。やがて付いて歩いてくる人達は本来の姿に戻り生きていくが、乗り物や建物の中でいる人達はどこか体に変な所があることに気づいてはいない」というお話だ。

難しいことをやってもダメやろ。夫が帰国してすぐの一九八八年、稚内から鹿児島まで歩き郷里の愛媛県佐田岬半島にある実家まで徒歩でトレーニングした時に考えた童話に、私が絵を付けて息子が編集、クラウドファンディングで資金を集め絵本を出版し、子ども達に寄贈するという、父から息子へ繋がるプロジェクトを立ち上げてくれた。

「人は六十歳になっても七十歳になっても必要とされる人でいなければいけない。

幾つになっても必要とされる仕事も必要だ。

生活のために生きているのではないから。

一緒にいて良かったと思える人に出会っていなければいけない。

人は一人では生きていけないから」

六十五歳になった私の見解。

二〇二二年七月。娘夫婦が七月に産まれた二人目の孫を連れて、一人暮らしの私の家に同居して来た。

店を閉めて帰宅すると赤ん坊のギャーギャーワイワイ二歳の孫、三か月の孫、泣き声大合唱が聞こえている。

洗濯機もドラム式に買い替え、炊事洗濯、子ども食堂の賄い婦になっている。

北極点に到達した時、スマートフォンのない時代に、夫は重くて大きいＧＰＳを使い、北極点の限りなく九十度に近い位置を正しく表記した。

正しくなければ駄目だ。本物は死んだ後こそ栄えるものだ。やったことは必ず結果になってくる、と言い残してくれた。

父

前濱　達郎

父さんが帰ってくる。

夕食時に母が言った。

わたしは、そう、と一言で返した。

母は、それ以上何も言わなかった。

父は数日後に六十五歳になる。定年退職をする年齢としては一般的なのだろう。

ただ、二十年以上の単身赴任で、父はほとんど家にいなかった。そのような生活は、わたしが生まれてすぐにはじまった。わたしが、これまでの人生において、父と一緒に生活した時間は、恐らく一年に満たないだろう。

父の会社は、海外に建設した工場を基点に事業を展開していた。本社に所属する社員の多くは工場の管理者として、工場運営、現地での関連企業との折衝などを担うらしい。工場で何を製造しているか、わたしは知らない。就職活動をしていたときに、一度だけ父の会社を調べたが、わたしが大学の専攻とは全く毛色が違う方面の知識や能力を求めているようで、企業理念すら全く理解できなかった。社会人になっても、父は遠い存在だった。

わたしは父のことを何も知らない。幼い頃から家族と思えたのは母だけだ。父には、年に数回だけ会う、血の繋がりがある他人、という印象を抱いていた。

思い返せば、三分以上会話が続いたことはないかもしれない。何らかの記念日は、母に伝言を残して、直接祝ってもらったことは一度もない。顔を合わせても、父は、やあ、という一言だけで済ませた。わたしも話すことはないので、自分から言葉をかけることはなかった。

反抗期の頃は、父に辛く当たることもあった。珍しく顔をあわせても、わたしは父の存在を無視して、話しかけてきたら憎悪の感情を露わにした。思い返せば幼稚な態度だ。父はそんな叱ることはせず、ただ黙ってわたしの振る舞いを受け止めた。その態度は、当時のわたしには許せなかった。そのときの感情は、未だにわたしの心にしこりとなって残っている。それが、父に対する苦手意識の原因であるかもしれない。

それでも、感謝していることもある。金銭的な不自由なく大学まで進学できたこと。社会人になっても、景気の影響で一人暮らしも厳しい状況を顧みて、居候を黙認してくれることも、助かっていた。ただ、その気持ちを言葉で伝えたことはない。

父は定年の日の前日の夜に帰ってきた。父の顔には、重ねた年齢分の疲労が刻まれていた。父は、荷物は後日届くからよろしく、とだけ母に言って、布団に入った。

朝。わたしが出社する時間まで父は眠っていた。

昼過ぎに会社に顔を出せば良いらしい、と母は言う。

わたしは興味がないという雰囲気を出して、足早に玄関へ向かった。

もう行くのか、と背後から声が聞こえた。

振り返ると、寝間着姿の父が、目頭を擦りながら、欠伸《あくび》をして、立っていた。

仕事があるから、とわたしが言う。

そうか。それだけ言うと、父は黙った。

わたしは困惑しながらも、行ってきます、と言い、家を出た。

そのとき、いってらっしゃい、という言葉が聞こえたような気がした。

帰宅できたのは、日付が変わる頃だった。繁忙期が近いので、こういう時期はその準備の影響で、大きなトラブルに巻き込まれることが多い。わたしもその煽りを受けて、いつも以上に作業に追われた。結局、仕事は終わらず、明日に持ち越しとなった。こういうときは、いつも会社の近くに部屋を借りられたなら良いのに、と思う。また、寄り道する用事もあり、気がつけば、こんな時間になってしまった。母になるべく早く帰ってくるように言われていたが、その言いつけは守れなかった。

自宅の灯りは、まだ点いていた。一階のリビングの灯りが、カーテン越しの隙間から漏れている。最近の母は、この時間帯には二階の寝床に入っている。

わたしはリビングに入ると、父が独りで卓に座っていた。猪口《ちょこ》を掴み、酒を舐めている。顔は紅く、目尻は垂れている。部屋中に甘ったるい匂いが充満していた。だが、父は泥酔している様子はなく、机の一点を見つめて、身動ぎしない。父は酒好きで、家に帰る度、毎晩酒を嗜《たしな》むので、酔う姿を知っているのだが、わたしの知っているのは、陽気になり、口数が増えるが、怒りっぽくなる、面倒な酔っ払いの父の姿であった。

おかえり。

父はわたしを見ずに、呟いた。

わたしは、黙って、立ち尽くしていた。

沈黙が、場を支配した。

これを渡されたよ。

父は、手元に置いていた一枚の紙をわたしの方へ滑らせた。賞状だった。長年の勤務と功績を讃える。それだけを表現するために、凝った語句で装飾された文章を羅列しただけのお粗末な紙だった。

これだけだ。四十年近く会社のために働いたが、最後はこれを貰うためだけに出社した。おれの四十年がこれだ。まあ、そういうものなんだろうな。

父は怒っているわけではないようだ。全身の力が抜けた、憑き物が取れたようで、それでも腑に落ちない様子で、その姿は進路を見失った蟻のようであった。

おつかれさま。

不意に出た私の言葉には、珍しく棘はなかった。

伝えたい言葉とは、思いもがけないときに出るものらしい。

わたしは提げていたビニールを父の前に置いた。中には一升瓶が入っている。酒を飲む姿しか知らないわたしが渡せるものは、それくらいだった。

父は黙って、それを受け取った。

わたしは、何も言わず、その場を後にした。

後日、母によると、父は大事そうにわたしの酒を呑んでいるらしい。

わたしは、その姿を見たことはない。だが、朱色に染まった顔で、静かに猪口を舐める姿を、いまは想像できる。

祖父と祖母とわたし

曾我部　千代

11年前の9月12日、大好きな祖父が亡くなった。

わたしにとって身近な家族で見送った最初の〝死〟だった。祖父はアスペルギルスという肺の病気だった。

発症したのが79歳という高齢だったこともあり、本人は時が来るのを待つという選択をした。

わたしは悔いの残らないように、祖父の病院へ毎日通い、いろいろな話をした。亡くなる4日前のこと、わたしは、祖父に「ばあばをよろしくな」と、優しい眼差しで祖母を委ねられた。わたしは「わかった。大丈夫、任せて」と答えた。それが祖父のわたしへの遺言だった。

わたしの両親はまだ物心のつく前に離婚していたので、わたしはその時すでに祖父と祖母と同居していた。二人はわたしにとって両親と言っても過言ではない存在だった。今振り返ってみても、三人で旅行に行ったりと、まるで我が子のように愛情深く育ててくれた。わたしの小さい頃の写真は祖父と祖母ばかりがいつも一緒に写っている。もちろんわたしもそんな二人が大好きだった。今でも忘れないのは、まだできたばかりの東京ディズニーランドに連れて行ってもらったことだ。ダンボに乗り、祖父はミッキーマウスのぬいぐるみをわたしに買ってくれた。今ではちょっと色褪せてしまったが、大事に飾っている。

1年前の9月12日、わたしは朝の目覚めと同時に何故か祖父の命日のお墓参りに行かなければという衝動に急に駆られた。と同時に祖母も一緒に連れて行かなければと。もしかしたらこれが最後になるかもしれないという嫌な予感がしたのだ。幸いなことに、わたしは遺言通り祖父の死後、祖母と同居をしていた。

急いで祖母の部屋に行き、まだうとうとしている祖母に向かって「今日、じいじの命日だからお墓参りに行こう！　午後出発ね！」と言い残して部屋をあとにした。

現地に着いて、墓前に手を合わせお線香を上げ、ふと横の墓石を見ると、この日はちょうど10年目という節目の命日だった。朝はそんなことまでは露ほども気づかずにいたので、祖父が朝の目覚めの時にきっとわたしの心の中に話しかけてくれたんだなと思えて、とても嬉しかった。わたしは祖父が家の中でいつも見守っていると勝手に信じているので、意思疎通ができたことを素直に喜ぶことができた。祖母も祖父の在りし日を懐かしがりながら、お参りを終えた。しかし、その時はどうしてここに呼ばれたのか、わたしには知る由もなかった。

そして約半年後の3月3日、その日はなんの前触れもなく突然やってきた。祖母が交通事故に遭ったのだ。それは、毎週通っている鍼治療に向かう途中の事故だった。鍼の先生からの電話で、わたしは嫌な予感がした。家の玄関を出ると遠くに救急車が止まっていた。わたしは「誰がひかれましたか？　おばあちゃんじゃないですか？」と叫び、近くにいた警察官や救急隊員にあわてて駆け寄った。心のどこかでそうでないことを願いながら。しかしわたしの悪夢は的中し、まさに事故に遭ったのはわたしの祖母だった。急いでうちに戻り祖母の保険証とお薬手帳を手に、自分の身支度も済ませ覚悟を決めて事故現場に戻った。搬送先の病院が決まりわたしは救急車に乗り込んだ。その時初めて血だらけの祖母に対面した。

その時、不思議なことにどこからともなく「大丈夫！」の声が聞こえたのだった。救急車の中でとにかく連絡できる人すべてに連絡をした。しかし救急車が病院に着く頃には祖母の意識は失くなっていた。どのくらい処置室の前で待っていただろう。医師に呼ばれ、耳にした言葉は想像を遥かに超える悪い状況だった。その時、わたしは覚悟を決めた。祖父の時は〝死〟を迎えるまでに十分すぎる時間があったのに、祖母の時は全く正反対の〝死〟を受け入れざるを得ないかと思うと、耐えられなかった。医師からもすぐ開頭手術をと勧められたが、駆け付けた母を含めた三人の娘たちは、それを断りその時が来るのを待つを選択した。なぜなら、もし回復しても身体や脳のどこかに後遺症が残ることは目に見えて明らかだったからだ。延命措置をしない、は元気でいた頃からの祖母のたっての希望でもあったからだ。

三人はわたしを特に気遣ってくれた。きっと三人から見ても、わたしと祖母の関係が特別であったことを理解してくれていたからだ。娘たち三人とは同居せず、孫のわたしとずっといることを選んでくれていたからだ。

それからわたしにとって地獄のような毎日が続いた。わたしは自分自身を責めた。責めて責めて泣き続けて、それでも自分を許せなかった。それは祖父の遺言を果たせなかったからだ。なぜ出かける時に声をかけなかったのだろう、あの時もし声をかけて祖母を少しでも引き留めていたら事故には遭わなかったはずだ。わたしを苦しめたもう一つの理由は、わたし以外の親族全員がわたしのことを誰一人責めなかったことだ。　それがわたしには何より一番辛かった。

その時わたしにできることは、神社とお寺にお参りくらいしかなかった。〝神頼み〟である。そして祖父のお墓参りにも行った。わたしはお墓の前で泣きながら「もう少しだけ時間が欲しい。お願い、生きてるだけでもいいから、まだ連れて行かないで」と、何度もお願いした。

事故から、祖母はずっと素敵なお花畑にいた。そして6日後、なんと祖母は奇跡的に帰ってきてくれた。救急車の中で聞こえてきた「大丈夫！」が、現実のものとなった。張り詰めていた気持ちが一気に破れて卒倒しそうなくらいだった。そしてその回復力には医師たちも驚くほどのものあったが、祖母はわたしに少し寂しそうにこう言った。「じいじに逢いたかった」わたしはこれを聞いて安心した。わたしの願いを叶えてくれたのだ。

この6日間、実は二階にある祖母の部屋と一階の仏壇がある和室からドンドンと、誰もが聞こえる音量で音が聞こえていたのだ。祖父も祖母の突然の事故に驚いたことだろう。まるで超常現象のような話だが、祖父は祖母を守ってくれたのだ。

二人の〝死の形〟を、幸運なことにわたしは一番そばで見守ることができた。これは相手を常に想い、いつ何があっても相手に対して後悔のない素晴らしい時間を大切にしなければいけないと教えてくれた。

わたしは今、自分の未来に対して常に〝明日死ぬかもしれない〟を口癖にしている。自分のことも相手のことも、いつもベストを尽くして行動しようと心に誓っているのだ。二人がわたしに教えてくれた素晴らしい宝物を、これからも大事に自分の心に刻んで、わたしは生きていく。

今、祖母は驚異的な回復で自立歩行も可能になり、家族のこともしっかり認識して、リハビリに努めている。そして毎年行っている年末年始の親族旅行の話を以前と変わらず嬉しそうに話している……。

妹、大学生になる！

遠藤　晶

以前から見たいと思っていた展示がもうすぐ終わってしまうというので、妹と二人で美術館に出かけて行った。

チケット売り場で、妹はちょっとためらいながら学生証を提示する。学割のチケットが窓口から差し出される。振り返った照れ笑いがまぶしい。

今年五十九歳になる妹は、この春から大学生になった。通信とオンラインで書画を学んでいる。宿題の書や水墨画を書き上げるたびに写真を送ってくる。「うまくできない～」と言いながら、写真と文章からワクワクが伝わってきて、思わず私までにやにやしてしまう。

妹が大学生になることは、私の悲願だったかもしれない。彼女が最初に学生証を見せてくれた時、心の中の澱《おり》のようなものが、すっと流れ落ちるような気がしたものだ。

私が大学一年生、妹が高校二年生の冬のある日、父が多額の借金と家族を残して姿を消した。

その時私はすでに関東で一人暮らしをしていたが、仕送りが半分になり、奨学金とアルバイトで何とか大学に通っていた。

年が変わり妹は受験生となり、学費の安い国立大学を目指し猛勉強していた。妹は優秀だったのだ。

しかし、父は相変わらず見つからず、関係者たちの怒りは増幅し、矛先は私や妹に向けられるようになる。

共通一次試験を無事に済ませ、希望の大学の足切り点もクリアし、二次試験に臨もうとした妹は、あろうことか試験日の直前に彼女の進学をよしとしない周囲のおとな達によって試験会場に行くのを阻止された。結果彼女は試験を受けることができず、将来を見失ってしまった。

「地元で働くように言われた」と泣きながら電話をかけてきた妹に、私は、東京で働くと言って出てくるよう提案した。

同じころ私も大学をやめるように周囲から詰め寄られていたのだ。

私は大学をやめたくない。妹は大学に行きたい。私たちは二人で相談し、東京で働く、と嘘をつくことにした。

働く、と言ったのだから、当然仕送りはゼロになり、授業料も生活費も自分たちで何とかしなければならない。

私の前期の授業料は高校の恩師が「あなたに一度だけチャンスを上げる」と、貸してくださった。

当時の私のアルバイト先の方が妹のアルバイト先を紹介してくださった。

こうして温かい人たちに助けられながら、新しい生活がはじまり、妹は勉強しながら学費を稼いだ。

しかし、大学の学費と生活費を両方稼ぎ出すのは大変で、学校以外の時間を全てアルバイトに費やしている私を見ているうちに、妹の気持ちは変わっていったようだ。

「仕事をしながら専門学校に行こうと思う」と言い出したのは、冬が近くなったころ。

結局彼女は仕事をしながらインテリアの専門学校を卒業し、設計事務所で働くことになる。

私はたくさんの人たちに助けられながら奇跡的に大学の建築学科を卒業し、住宅メーカーに就職した。

その後、私たちは二人とも一級建築士の資格を取り、現在は二人で設計事務所を営んでいる。その事務所も来年で三十年を迎える。本当にありがたく幸せなことだ。

けれども、私の心の中には、妹が大学に行けなかったことがずっと重く引っかかっていた。私はそんなに勉強が好きなわけでもなかったし、幾つか受けた中の受かった私立大学に何となく行ってしまった。ただ年が上だったというだけで。

妹は成績優秀で勉強が好きで、ちゃんと目標があったのに、たまたまタイミングが悪くて大学を受けることすらできなかった。

この事実を、私はずっと後ろめたく思い、負い目を感じていた。もちろん妹が私に向けて「お姉ちゃんばっかり」などと言うことは一度もなかった。私が勝手に、私だけが大学に行ってしまったことをぐずぐず引きずっていたのだ。

シングルマザーとなった妹が、一人で息子を育て上げ、息子が就職した年に、「大学に行くことにした」と入学の資料を見せてくれた時、思わず泣きそうになった。自分の息子たちが合格した時よりも嬉しかったかもしれない。

「仕事をしながら課題を送るから、四年で卒業できるかどうかわからない」と妹は言うけれど、もうこの年になったら何年かかったっていいから楽しめばいいと思う。

「学割を使わなくても、すぐにシルバー割引が使えるようになるね」と妹は笑う。

シルバー割引は死ぬまで使えるのだから、学生の間は学割を使い続ければいい。

やっと手に入れた大学生活を心ゆくまで楽しんでほしいと姉は心から願っている。

やっと言えるね。

「大学入学おめでとう！」

うつのおかげ

斉藤　淳

46歳の夏、うつ病になった。それから、うつとそうを繰り返すようになり、双極性障害と診断された。

仕事に身が入らず、職場の同僚に迷惑をかけるばかりでいたたまれなくなった。

52歳の冬、心機一転をと退職したが新しい仕事は見つからず、やがて失業保険もなくなり、将来への不安にさいなまれて症状は悪化し、揚げ句に入院となった。病棟に入って鍵をかけられたとき、脳裏に「ＴＨＥ ＥＮＤ」の文字が浮かんだ。

その後しばらくして退院したが家に引きこもった。食事と排泄以外で体を動かすことはほとんどなかった。

医師の指導にも従えず、ついには「ほかで診てもらって」とサジを投げられた。

なんとかしなければ——その思いはある。でも、体が動かない。気持ちも奮い立たなかった。

ところが5年後の夏の終わりに庭でぼうぼうに伸びた草を眺めていたら、草取りをしたくなった。

一つ一つ根っこから抜き取る。ゆっくり、しっかり、ていねいに。

夕方の短い時間だったが毎日作業を続けたことで庭はすっきりした。そして、僕も晴れやかな気持ちになっていた。58歳だった。

すると働く意欲がわく。折しも近所の地区センターでパートの募集があり、応募すると採用に。

図書の貸し出し、体育室や部屋の利用者の受け付けなどの業務を午後5時から4時間ほど勤める。

前職はデスクワークだったので、接客にはとまどった。料金の受け取りでは「○円お預かりしましたので、おつりは○円ですね」と応えるのにしどろもどろ。レジを打つ手は震えっぱなし。体力も低下していて、体育用具の片づけにもたついていると年輩の女性スタッフから「力ないわね」と笑われた。

でも、人と接することがうれしかった。

小学1年生の女の子がバイオリン練習する様子を見せてもらった。楽譜を見つめる真っすぐなまなざしに胸が熱くなる。

バレエの教室では女子に交じって中学3年生の男子が1人いて、入室前に窓ガラスに映る自分の姿を見ながら黙々と練習している。

卓球に通うご夫妻とは年齢が近いこともあって世間話に花が咲く。

幼児の無邪気な笑顔、運動して汗を流した高齢者のすがすがしい表情に接したりと、老若男女を問わず、さまざまな目的で地区センターを訪れる人たちと交われることが喜びとなった。

今年、還暦を迎えた。うつを発症してから13年になる。ふと思う。もし、うつにならなかったら、どんな時間をすごしていただろうか、と。会社と家の往復を続け、ご近所との交流もなく定年を迎えていたと思う。当時は確かにしんどかったけれど、うつを経験できたからこそ人と接する喜びを知ることができたんだ、と確信している。

これからも、地区センターに集う人たちがより快適な時間をすごせるように努めていきたい。そして、お互いが笑顔になれるひとときがあったら万々歳だと思う。

これまで僕を支援してくださったかたがた、そして黙ってずっと見守ってくれた妻へ心から感謝している。

母と暮らす

辰野　和子

　母を引き取ったのは私が六十七歳を迎える前日だった。よく晴れた日で庭のツツジが満開に近く、母はそれをとても喜んだ。私は、これから始まる母との生活がどう展開していくのか、想像しなかった。私と一緒に住みたいと日頃から言っていた母の言葉を、文字通り受け取っていた。少し考えれば、それは二階に同居している嫁や孫夫婦に対する不満だったり、孤独の裏返しだということはすぐに分かるはずなのに、考えなかった。考えれば二の足を踏んだろうか。いや多分結論は変わらなかった。父を入所させたときも、家で看取ろうと決めたときも、何かに突き動かされるようにして行動した。今回も同じだった。母を一人住まわせることは選択肢として浮かばなかった。

　引っ越しのための整理に帰省した妹は、母の荷物を潔く捨ててくれていた。越してから小ぶりのタンスに整理しても、引き出しは余った。母は物を大切にする人で、何十年も着続けた服も何着もあった。自分で縫った服も大切に着ていた。キャメル色のロングコートもその一つで、それを羽織りロングブーツを履いて颯爽と職場に出かける母の姿を、私は鮮明に覚えている。そのコートはいつしか虫に食われた穴が空いていたが、母は穴の空いた裾の方を切り落としてショートコートにしていた。短くしてからは袖を通すことは少なくなったが、捨てられなかったのだろう。何度か私に着ないかと勧められて返事を濁していた。そのコートも無かった。

ほんの身の回りの品とセキセイインコ一羽をお供に、百キロも離れた土地に移り住んだ母の心の中はどうだったのだろう。父が死に、五十年間住んだ土地を離れることをどう受け止めていたのだろう。母はあまりにも軽やかに移り住むことを決めた。老いの孤独も知り合いの少ない土地での寂しさも浮かばなかったに違いない。多分、私と同じように先を考えず、庭の広い日の光がさんさんと入り込むこの家に私と暮らすことが、嬉しかっただけだろう。

ツツジが散り、ナニワイバラの白い花も一週間咲き誇って潔く散った頃、母は口数が少なくなった。何時間も自室から出てこず、わずかばかりの自分の荷物を出したり入れたりしていることが多くなった。

「お母さん、何してるの」

「あれが無いのよ、あれが。探しているけど見つからないのよ」

「あれって」

「あれよ、あれ。ほら、あんたにやるって言っていたあれよ」

母は切羽詰まったような、遠くを見るような顔で言った。私は出かかった言葉を飲み込んで
「ああ、あれね。あれはもう貰ったわよ。随分前に。私がちゃんとしまってるから大丈夫よ」

と答えた。母は
「ああ、そうだったかね。ならいいよ。あんたが持っていてくれるなら安心よ」

と、やっとほっとした顔をした。

母の頭の中にあったものが何だったのか、分からず仕舞いだった。が、きっとそれは母の記憶の中では美しく輝いている何かだったのだろう。自ら縫った服だったかもしれないし、刺繍した絵だったかもしれない。または、安物だけど大ぶりなガラスの嵌まったネックレスだったのかもしれない。娘二人をもうけた母は、そのどちらにも公平に自分の形見を残さなければならないと律儀に思っている節があった。小さな部屋で何時間も床にぺたんと座って、自分の形見を仕分けしていたのだろう。

ある朝、ふと横に座っている母を見ると、声をたてずに泣いていた。泣きながらご飯を食べていた。

「お母さん、どうしたの。何で泣いているの」

私は驚いて尋ねた。

「うん。うん」

と頷きながら、それでも涙は止まらず、母はティッシュで涙を拭きながら黙ってご飯を食べ続けていた。「帰りたい」とは一言も言わない母だった。私はそれ以上母に尋ねることができなかった。

その頃から次第に母の記憶は時間も場所も曖昧になっていった。亡くなった父は、それより遙か昔に亡くなった祖父とごちゃ混ぜになり、時にはどこかで生きているという話にもなった。自分の幼い頃の記憶ばかりが鮮明になり、越してきたこの地でのあまり多くもない新しい顔見知りは、名前も顔もつながりも、浮かんでは消える不確かなものでしかなかった。母の心の半分はいつもこの地には無かった。

庭一面にコスモスが咲き始めた。

「お母さん、コスモス咲いているよ。庭に出てみようよ」

補聴器を付けた耳元に話しかける。所在なさげに座っていた母の手を取ってゆっくりと庭に出る。母はコスモスの一つ一つの花を確かめるように手で触れながら話しかけている。

「まあ、よく咲いたねえ。綺麗に咲いたねえ」

と、慈《いつく》しむように話しかけている。

私もその手に抱かれ、撫でられ、慈しまれて育ってきた。まあるく小さくなった背中に手を添えながら、私もコスモスに触れてみる。心の中に一つの問が浮かぶ。

「お母さん、幸せ？」

けれど、その言葉が空気を震わせることは決してないだろう。人生には、はっきりと確かめたいけれど、それだからこそ確かめない方が良いことがある。私はこの問いを飲み込んで母と暮らそう。母が「帰りたい」という言葉を封印しているように。

その時、

「お母さん、私、お母さんがここに来てくれて良かったと思っているのよ。とても嬉しいの」

考えてもいなかった言葉が口をついて出てきた。そして、まさしく自分はそう思っていることを、耳に入ってきたその言葉が教えてくれた。

母がゆっくりと振り返り、なんとも美しい笑顔で微笑みかけてくれた。

ワタシの庭

東郷　奈津

阪神大震災から半年後、夫は三十三年間勤めた神戸の船会社を退職し、新潟港の水先人として第二の人生を歩み始めた。神戸から新潟に引っ越しをしてきた当初は、古町通りの賃貸マンションに住んでいた。私は街の雰囲気が気にいっていたが、夫が賑やか過ぎて落ち着けないというので、まだ一室が売れ残っていた職場に近いマンションを購入した。

夫が出勤すると体調が悪い私は時々、横になった。つかの間でも夢を見ているからだろうか、寝ている私の横で誰かの声が聞こえてくる。すぐに起きたいが何故か手足がこわばり立ち上がることができない。「助けて」と叫ぶが、声は出ていない。カーテンから漏れる日差しはやたら明るかった。ただ白いはずの襖と小さな床の間だけが墨汁を流したように黒くなっている。あれは何だったのだろうか。運悪く更年期障害だった私は、週に一度はつわりのような具合で一日中どこにも行けずに体を丸めて寝転んでいた。金縛りにあうのはそんな一人の時だけである。

帰宅した夫に話をすると大げさだなと嘲笑われ、全く問題にされなかった。だが思い余って公民館のサークル仲間に相談をすると、先輩はいとも簡単に教えてくれた。

「たぶんですが、その辺りに処刑場か何かがあったんじゃないかと思いますよ」

そういえば全部売れたはずなのに、その部屋は建築して一年もたつのに空いていた。いわゆる新中古物件だった。以後、昼日中、家に一人でいるのが嫌で私は家事を済ませると、なるべく外出した。日中は二つのサークルに入り、夕方には夫の仕事場近くまで散歩をした。そのうちに辛かった更年期障害も自然に消え、金縛りにあうこともなくなった。


夫の通う水先の事務所は西港に近い小さな古い建物で徒歩でも通えた。私は毎日のようにマンションの周辺を歩き、荒れた草ぼうぼうの中に分け入って花を摘んでは家に飾っていた。その辺りは再開発が検討されていたものの、広大な空き地には行政の手が全く入らない。余りに勿体ないので籠を持って付近に咲く花々を手折り、野生化した花を飾っていた。桔梗も色がまちまちで白い中に紫が混じり、紫の花の中には白い筋が入って店先ではみられない。河原撫子《かわらなでしこ》も可憐で、荒れ地月見草も、見事な大きさだ。コスモスが咲くと一面に咲き乱れ、港からの冷たい風にあおられて、寒さに震えあえなく萎《しぼ》んでいくのは本当に勿体ない。この広大な土地の花を我が物顔に無料で貰っていいものだろうか、と気にはなるが空き地は長年放置されたままであった。不思議なことに人影もない。おこがましくて人には言えないが、荒れ地はまるで我が家の広大な庭に思えた。虫の鳴き声も交響曲を聞いているように幸せな空間だった。

知らない土地で孤独になりがちな気持ちが、植物に関わることで自然にほぐれていき、勝手ながら命名した「ワタシの庭」を得てからは、やっと新潟になじんでいけそうな気がした。

夫は月に一週間の直江津勤務があった。姫川、柏崎、直江津の港に入港した船を、着岸させるためで私も同行した。宿舎は原っぱの中の朽ちかけた一軒家。空き地に咲いているカンゾウが佐渡のポスターではよく見る同じ花だと知る。至る所に自然があった。隙間風の入る寒い宿舎は雪が降ると雪堀りという仕事も増えた。初めての大雪の日は屋根がミシミシと軋み雪の重みに驚いた。道路までの私道を隣のご主人が作ってくれる、マンションでは分からなかった人の温かみに触れた。冬場以外の仕事帰りは長野県まで足を延ばし山に入っていくのが楽しみで、神戸の道端では見かけなかった草花を、図鑑を片手に見て歩いた。足を延ばし妙高高原まで行くと、偶然見つけた小さな湿原とは名ばかりの、荒れ地に群生するワレモコウを見た。毎年、私たちはその農耕放棄地に通い周辺を散策した。荒涼とした土地には一面と山の匂いが濃厚なワレモコウが咲き乱れていた。手に抱えるだけの一束を貰って帰るのが楽しみになっていた。何年も経ったある日、その場所は整備され盛り上がった茶色い土に、そばの実が一面に植えられていた。今までの光景はただ幻を見ていただけに過ぎないのかと目を疑った。荒涼とした原野ではない、整然とした美しい田園風景が広がっていた。妙高高原の「ワタシの庭」はきれいさっぱり、夢のごとく淡く消えてしまった。

新潟から小一時間で、角田山の先に弥彦山に繋がる岩室という林道がある。適度な高さもあり、ハイキングにちょうどいい。

水先人は五人だけの小さな所帯。夫は四週働くと一週間は休みがもらえた。天気のいい日に、私たち夫婦は休みに入るとよく車を下の駐車場に置いて岩室の林道を歩いた。いつも決まって家から持ってきたおにぎりと、卵焼き、鮭を適当に詰めて峠のベンチで昼にしていた。休日は避けているので人は殆ど見かけない。新潟はどこに行ってもゆったりできて、まさに林道丸ごと、豊かな草木に恵まれた「ワタシの庭」のようであった。

ある日、山頂付近で山の持ち主という方に出会った。私が勝手にサルトリイバラを貰ったと言うと、「いくらでも取って持っていきなせい」と言われた。この山は手入れする人がいなくなって、困っているのだと。だからどんどん持っていって構わないそうだ。だが夫が足を悪くした期間は暫く出かけられなかった。久しぶりに行くと倒木が道を塞ぎ山は荒れ放題。背丈ほどの巨大化したトラの尾の群生が、急に降り出した雨の中で激しく頭を振りかざしていた。暗くなった空といい、黒い林といい、お化けみたいに震える虎の尾の群生に私は怖くなって二度と行かなくなった。その後、弥彦に行く途中に車で通りすぎるが、林道にはもう入らない。「これっきり、もうこれっきりですか」という横須賀ストーリーの曲を口ずさみながら……。長年通った「ワタシの庭」とは、もうこれっきりにした。

二十年前に偶然見つけた新聞のチラシを見て、朝早くに着古した体操着のスタイルで新しいマンションを見に行くと一番乗りだった。私たちの身なりを上から下まで見た販売員は、冷やかしぐらいに思ったらしい。「私ならせっかく街中にいるのに、そのマンションを離しませんね」と言う。だが私はどうしても角部屋で、弥彦と角田の山が見たかった。そこからの眺めを想像し前が信濃川なので、それこそ庭はなくても「目の前の景色が庭に思えるジャン」と夫を説得し、売りたがらない販売員にはもう決めましたと宣言した。

今、私たちは年金生活者。夫八十一歳、私七十八歳。川辺に降りて散策するのが日課で、川岸の野ばらやミソハギなどの野の花を生けるのが楽しみになっている。早い話、庭がなくても山や川、自然のすべてが庭と同じではないかと思う。神戸時代は小さな家に狭い庭があった。庭に花を植えるのは楽しみだったが、むしろすぐ裏の小さな山に行き野の花を摘んで生ける方に気持ちが向いていた。あの頃である。野草に興味を覚えたのは。移り住んだ町も、昔の人が言ったように住めば都、至る処に青山あり。探せば手の届く所に野草にも出会える。自分の居場所も見つけられる。歩いて探せばきっと……そこには誰でも平等に「ワタシの庭」が広がっているはずだ。

インターナショナル・セパレーション

クルシン　京子

国際結婚が珍しい時代は過ぎ去り、国際離婚もあたりまえの時代となった。

では、国際別居はどうだろう。

ただの別居ではない。国をまたいでの別居生活だ。これはあまり聞いたことがない。

なぜだろうか。

それは単純に、そうまでして婚姻関係を継続するメリットが少ないからだろう。

しかし私はその国際別居をしている。

日本とアメリカに住居を構えた別居生活も、五年目に突入した。

私が暮らす埼玉から夫が暮らすニューヨークまでの距離はおよそ一万キロ。国土が約三千キロの日本が三つ連なるよりも離れている。

時差もたっぷりあるものだから、日本の月曜日の朝は、あちらの日曜日の夜になる。

地球儀を思い浮かべてもらいつつ、国際別居のデメリットを羅列しよう。

一．金がかかる。

二．時差が面倒くさい。

三．気軽に用事を頼めない。

四．夫婦関係を持てない。

別居するということは、単純に家賃も二倍、光熱費も二倍かかるということだ。加えて海を越えるのに飛行機を使う必要がある。

寝る前に話そうと思っても、あちらはもう出勤後。「金曜日に連絡するね」では、日本の金曜かアメリカの金曜かわからない。

「牛乳がないから買ってきて」「電球が切れたから交換して」なんてちょっとした用事ももちろん頼めない。

いまどきは「レス」の夫婦も多いようだが、隣にいないのだから結果的にレスになる。これってもう、夫婦とは呼べないんじゃないの？　そう思ったあなたの感性は正しいです。

そもそも夫婦とは何なのだろう？

一緒に住むことで生活費が抑えられ、家事に育児にやるべきことを分担できて、欲情も満たされる。

おおよそこんな感じではなかろうか。私には全て当てはまらないけれども。

では夫婦とも呼べない、デメリットだけの国際別居をするなんて、あなたの旦那はよほど金持ちかイケメンなんでしょう、ということになる。

そうであったら嬉しいのだが、答えはＮｏ。私の旦那は非金持ちであり、非イケメンだ。

じゃあなんで離婚しないの？

私が第三者であったら当然そう疑問に思う。それどころか、離婚を勧めているだろう。

そういう疑問をさらに深めるかのごとく、私の旦那にはもうひとつ、極めつけの欠点がある。

夫は、アルコール依存症なのだ。

結婚前には全くお酒を飲まなかった夫だが、結婚後数年してから酒の虜《とりこ》になった。

依存症というのはやっかいな病気だ。薬を飲んだら治るわけでも、手術をしたら回復するわけでもない。当人の「飲まないぞ」という気持ちひとつだけで寛解が保てる病なのだ。

酒漬けになったのは、親との確執が原因かもしれないし、仕事のせいだったかもしれない。遺伝のようでもあるし、性格のせいでもある。

バルト三国のひとつ、エストニアで生まれた彼は、子供の頃母国のソ連が崩壊して、アメリカに家族で移住した。母国の崩壊直前には、自宅から戦車も見たし、毎日のパンを買うにも朝五時から並んだそうだ。

ツテもインターネットもない時代のニューヨークに移り住み、家族四人でボロアパートの地下の一間に住み始めた。英語もわからずに入学した高校は中退し、その間に両親は離婚した。十七歳にして彼は一家の大黒柱になった。

まるで第二次世界大戦後の混迷期の出来事のようだが、彼も私も一九七八年生まれの四十四歳。そんなに昔のことではない。

彼の人生はハードモードだった。食の細いガリガリな彼は、そんな状況を反映するように貧相である。言い換えれば「守ってあげたい」という母性本能をくすぐるタイプでもあり、それはまさに私の理想の人だった。

二十六歳で出会い、二十八歳で新婚生活を始めた。稼ぎの少ない彼には頼れないし、私は仕事が好きだったから、フルタイムでＩＴ企業に勤めた。

嫁入り道具の皿一式を丸っと捨てた義母と強制同居をしたり、彼が徐々にアルコールの沼にハマっていったり、子供ができなかったり、愛犬が死んだり。いろいろあったけれど、私は一生懸命生きていることが楽しく誇らしかった。ダメンズな彼を支えれば支えるほど、それは母と息子、否、父と息子のような関係になっていったけれども、私はそれで良いと思っていた。周りには共依存なんて言われたりもしたけれど、一生添い遂げることを誓った相手には、何でもしてあげるつもりだったし、実際何でもしてあげていた。

そんな生活が十年続いた。

結局聖人でもドMでもなかった私は、人よりも時間がかかったが、不満を蓄積させていった。それが結婚十年目にして爆発し、私は一人、日本に帰ってきてしまった。そして新しい仕事に没頭した。その時点で離婚しなかったのは、ニューヨーク州の法律上、別居期間を二年挟まないと離婚できなかったからだ。

帰国してから一年ほどが経った頃、これまでに溜めに溜めた心労と激務から来る疲労がミックスし、体内で破裂した。

難病発症。

入院、休職、退職。

そして、何者でもない私ができあがった。

所属する会社がない。稼ぎもない。それどころか子供もいないし、健康もない。ないない尽くしのおばさんがひとり、とり残された。

人生が落ちた。

体調不良が一カ月以上続き、念のため行った大学病院の検査で難病が発覚した。ただの診察だったはずが、まさかの即日入院。そこから急速に全身の筋力が死滅し、指一本動かすことも困難になった。同時に強烈な痒みが全身を襲い、眠れぬ夜が続いた。

入院直前には昇進が決まっていたのに、こんな体では管理職どころか、職場に復帰できるかもわからない。苛立ちが募る。

突然奪われた私の未来。私の人生。腹の底から怒りが湧き上がる。この悔しさをどうしてくれよう。

その怒りを、私は全て旦那へぶつけた。

そして旦那は、そんな私を完全に受けとめた。

悪態も、やつあたりも、悲壮感も。膿《うみ》で枕を濡らす禿げあがった私の外見も、全部まるごと受け入れた。励まし、時には叱咤し、共感することも忘れず、彼の心はずっと変わらず私の傍にいた。

私の発病を機に、一方的な支えが、双方で支え合うという関係へと変化したのだ。

彼の依存症も私の難病も一生続くものだけれど、良くはなるし寛解もする。一人では難しいことも、二人で臨めば頑張れる。

健やかなるときも病めるときも
敬い、慰め合い、共に助け合い
その命ある限り
真心を尽くすことを誓いますか？

この結婚の誓いを果たしている。そういう実感が生まれた。

彼の病気は環境の変化が影響する。私は医療費の高いアメリカでは治療ができない。だから国際別居はしばらく続くけれど、人生後半、心のつながった相手が地球の裏側にいることは幸せだ。

人間、メリットがある限り、続けられる。

がんばるぞ、国際別居。

今日の月

矢野　好子

　私達夫婦は晩婚である。お見合いだったが、学生時代隣りのクラスに在籍していたので以前から知っていたような気持ちであった。交際するや否やすぐ結婚となり、私の誕生日の一日前に式を挙げた。ぎりぎり三十代であった。カメラ店に勤める彼、小学校の教員であった私、共働きの新婚生活だった。長男次男が産まれ、同居の義母にはとてもお世話になった。しばらくこんな生活が続くだろうと思っていた矢先、義母がクモ膜下出血で入院、手術をしたが、僅か一週間で帰らぬ人となった。二人の子どもは幼稚園に入れたが、だんだん生活がぎくしゃくしてきた。彼の仕事は土、日曜が休めず、このままではいけないと話し合った結果、彼が主夫となった。当時カメラ店は忙しく育児に休みは取りにくかった。その点公務員の私は産前産後育児休暇など権利がそろっていたからだ。

　あれから十数年それなりに子どもの成長が楽しみであった。次男の不登校は何年も続き、カルト宗教的な誘い、絵画の購入など葛藤があった。わらにもすがりたい気持ちにつけ入るものだが、心に余裕ができるような環境があれば、絶対におかしいことに気づけると思う。次男は何校も高校に入学するものの続かず苦労した。結局通信制高校に落ち着き、私立の大学に入った。今三十二歳になったが、アルバイト的働き方しかできず、自立した大人には程遠い。しかしこうなるまでの道のりを考えれば上出来だと思っている。

第二の人生に入った私達夫婦には課題が多い。なんでだろうと反省するが、そういう運命かと現在、ふつうに衣食住足りて生活できることに感謝している。課題というのはあまりにも予想しなかった出来事だった。老後二人で限られた予算でそれなりに人生を楽しもうという夢ははかなく消えてしまった。

夫の目に異変がおきたのである。それは私が運転免許をとることになった四十五歳の頃から始まる。車の運転に自信があり、車のレースなど深夜まで観戦するほど車好きの夫が、私を勤務先の学校まで送っていた時だった。いつものように運転していたはずだったが、トンネルに入った途端壁にぶつかりそうになり蛇行したのだ。私は頭がまっ白になった。その時はなんとか運転したが、後日病院で回復の可能性のない病名を告げられ、ショックで一時ふさぎこんでしまった。「網膜色素変性症」。難病で今のところ治療方法はない。紫外線がわるいということでサングラスをすすめられただけだ。このことがあってから運転に不安があり、私や子ども達を乗せたがらなくなった。私は一気奮発し、夜間の自動車学校に通い、三回目にやっと合格した。

それから毎年少しずつ少しずつ視力が落ちていき視野が狭くなっていった。勿論免許証は返納した。個人差もあるが、七十歳過ぎてからは明るさを少し感じる程度で急激に見えなくなった。家の中では壁や椅子など物をつたってよぼよぼ動く。我が家の階段には明かりがつかない。電球がきれた時、つけかえなかったのだ。視力がないということを家族も経験したかった。しなくてはならないと考えた。擬似体験なのだ。夜間は便利が悪い。暗くて見えないのだから。見えないことにいろいろ挑戦したが、あまりにも不便ですぐ視力を使ってしまう。視力障害者用点字ブロックの上を目を閉じて歩いてみる。足もとがふらつき、スムーズに歩けない。彼いわくふつうの道を白杖を使って歩く方がいい、それでも人や電柱、看板にぶっつかるけど、と。以前溝におっこちたことがあった。靴がびしょぬれだった。大したことはなかったものの、以後一人では外に一切出なくなった。私もその方が安全とはいうものの一抹の悲しさがこみあげてきた。

彼の楽しみはたばこと酒である。以前からそうだったが、家にこもる、終日過ごすことを余儀なくされたのだ。この二つは彼の人生に不可欠なものである。長男も社会生活に適応できず、三十四歳になった今もこもっている。つまり我が家には世の中に通用しない人間が二人いるわけである。しかし彼らは私にとってかけがえのない愛すべき家族である。世間的には敗者でもいいじゃないかと思っている。私の役目はたばこと酒を買い、米や肉を買うことだ。時々血圧の薬をもらうため、病院通いをする。二分も乗ったら着く所だが、彼と私のデートタイムである。

視力のない彼は食事の時、鼻でにおいをかぎ、手でさわって確かめる。私が献立の説明をすると嫌がる。だいたいわかると頑なに拒む。箸がうまく使えなくなった。何度も肉の切れはしをはさみそこねている。見かねてフォークを出すとおこり出す。以前あたりまえにできていたことができなくなる。やはりモヤモヤしたものがたまっているのだろう。中途失明者には見えていた頃の記憶、感覚が強烈に残っているのかもしれない。醤油やこしょうなど定位置におくようにしている。下着、せっけん……すべてそうである。手で触れないと認識できず使えないので、時々癇癪《かんしゃく》をおこす。「手が目だ」と言う。仕方がないと思う。そういう日常をここ数年おくっている。時々ふとさびしくなる瞬間がある。それはいつも一人で行くスーパーでのことだ。あきらかに退職後の二人連れを見かける時、心がざわつく。私には縁のないこれからもそうであろう光景に思わず目をそらす。

耳は聞こえるのでコンサートや落語に誘ったが、「行かない」の一点張りであきらめた。独りイヤホーンで聞いているようだ。伴侶がいることだけで幸せと思うし、友人もそう諭してくれる。夕方陽がおちると焼酎をちびりちびりうまそうに飲む。そして昭和の話、想い出、飼っていた犬のことなど、なつかしそうに話す。私は適当に相槌を打つ。義姉に電話すると昔話に花が咲きうれしそうである。私は早くに兄妹をなくしひとりである。義理であっても姉がいることに感謝している。

退職して二年後、地域の公民館の俳句教室の案内に目が留まった。自分の置かれた場所で咲くということ、五七五に託してみようと思った。咲くことには程遠く毎回苦戦している。あれから十数年も駄作づくりをしているが、それはそれでほめられることもあり、嫌なこともあり仲間と楽しんで続けている。

昨年の秋俳句大会で選者賞、入賞をしたのである。思わぬ出来事にびっくりした。毎年日田市で開かれる大会で応募はするが、点が入ることは稀だった。その句は夫のことを詠んだものだった。「夫に視力あらば並んで今日の月」。今日の月とは満月をさす秋の季語である。本当に煌々と輝く十五夜のお月様、あたり一面昼間のようであった。夫といっしょに観られたら……すんなり出来た一句だった。今まで夫の目のことを句にするにはためらいがあり避けてきた。今会花開いたのかなとも思う。夫がいてよかった。夫に助けられて出来たものだ。そういう理由で「今日の月」という題にした。残り少ない人生の後半、あかるい満月でいたい。

マイルーム

勝間　充子

世の中の主婦は自分の部屋を持っているのだろうかと、美智代はふと思う。

子どもの頃、初めて自分の部屋を持ったのは中学二年の時だった。その時のうれしさは今でも覚えている。鏡付きの白い整理ダンスを買ってもらい、ピンクのベッドカバーも買ってもらった。掃除は苦手だったが、自分でしなければ誰もしてくれないので、休みの日に仕方なくした。それでも、やりだすと結構根をつめてした。夜更かしして、本を読んだり、深夜ラジオを楽しんだのも、自分の部屋ができてからだった。

結婚してからは、夫と二人になり、次の年には子どもができ、子ども中心の生活になっていった。

そして今、結婚して三十数年が経ち、子どもたちは独立し、また夫婦二人になった。美智代はふと思った。空いている子ども部屋を自分の部屋にできるのでは、と。

「子ども部屋を私の部屋にするね」

晩ごはんを食べながら夫に話すと、「うん」とテレビの方を見ながら返事が返ってきた。これで一応了解は得たものと、美智代は子ども部屋の模様替えに取り掛かった。

花柄のカーテンに変えた。洒落たスタンドを置き、お気に入りのローテーブルを運び込んだ。好きな絵を飾ると、そこはもう、居心地の良い自分の部屋になった。あとは寝具を入れるだけだ。

「枕元に電気の付いてるベッドを買おうかなぁ。下が引き出しになってる機能的なの。お手頃価格やし」

「なに言うてるの。夫婦は一緒に寝るもんやで」

「えッ？　良いて、言うてたやん」

「あかん、あかん」

夫はそう言うと、ぷいと立ち上がり、居間から出ていった。

昔から夫は、睡眠に対して神経質であった。隣りで寝ている美智代が眠れないからと、小さなスタンドをつけて本を読むと、その灯りで眠れないと言い、夜中に美智代がトイレに起きると目が覚めてしまい、その後も眠れなくなると言った。翌日の仕事に差し障りがあるといけないので、美智代はなるべく夜は水分を控え、どうしても行きたくなったら、それこそ抜き足差し足でトイレに行った。だから、寝室は別の方がいいのだ。

そのことを訴えても、

「ええよ、本も読んだらええねん。トイレも行ったらええ。我慢する」

結婚して三十数年、あなたに合わしてきたのに、何をいまさら、と思う。第一、我慢されながら本なんて読めるもんですか。

そう憤ったが、夫は取り合ってくれない。何度か言い争いをした後、美智代はもう何も言わなくなった。

十日ほどして、飲み会があるから明日は遅くなる、と夫が言った。そう、と返事をした美智代だが、明日が決行の日になると思うと胸が高鳴る。

翌日、天気は快晴。お天道様は私に味方してくれている、と美智代は思う。夫を仕事に送り出すと、シーツ類を洗濯し、客用の布団を干した。新しい自分の部屋に掃除機をかけ、ふかふかになった布団を、洗いたてのカバーとシーツで覆い、自分の寝床を作った。試しにそこに体を滑り込ませると、何とも言えない、いい気持ち。

今日からここで寝る！　あっ！　ラジオが要る。

台所に置いてあったラジオを持って来て、枕元に設置。これで完璧。

学生の時のように、寝る前に本を読んだり、ラジオを聞いたりすることができる。顔パックをしながらもいい。爪の手入れをしながらもいい。

考えただけで嬉しくなる。

後は、酔っ払って帰ってくる夫を、いつも通り迎えるだけ。

バックアップ

佐藤　利正

ある日突然、兄から連絡がきて、母が特別養護老人ホームに入ることになったと伝えられた。

「いつも、すみません」

兄からの連絡を受けて、10年ぶりに実家に帰った時に、母は僕の顔を見てそう言った。もう、僕が誰かも分からないくらい、認知症が進んでいるようだった。おそらく、僕のことをデイサービスのスタッフか何かだと思っているのだろう。

母は今年で85歳になる。しかし僕は、兄から連絡の来るまでの10年間、実家には一度も足を運んだことはなかった。理由は単純で、実家も母も嫌だったからだ。

僕がまだ幼い頃、父はよそに女をつくった。父は仕事だと偽り、休日もほとんど家にいることなく、浮気相手の女と遊び惚《ほう》けていた。それだけではなく、父は頻繁に家の金を持ち出すようにもなった。

そのことが明るみになった後、母は少しずつ、心を病んでいった。人間不信になり、知らない誰かが自分の家を見張っていて、何かの隙に物を盗もうとしていると思い込み、家のいたるところに鍵を付け始めた。感情の起伏も激しくなり、父に対して激しい罵声を浴びせることが、日常茶飯事となった。そして、その感情の矛先は、次第に子供にも向けられるようになった。年の離れた兄は、家を出て独立していたので、母はその分、僕に対して酷い言葉を浴びせるようになった。自分がいかに犠牲者であるか、お前もあの父の血を受け継いでいるなどという言葉を、僕は日常的に浴びせられた。そのことは、僕が高校生の時に父が亡くなった後も続いた。だから、僕が社会人になって家を出たとき、心の底からほっとした。そして、母には支えがいると頭では分かっていても、もう実家へはどうしても足が向かなかった。


僕が家の中に入ると、母はこちらを見て少し不思議そうな表情をしたが、諦めたかのようにすぐ目を逸らした。神経質なまでにきれい好きだった母の部屋は、今はごみや脱ぎ捨てた服がいたるところに散らばっていた。

「あら、おいしいわ。これ」お土産に持って行ったクッキーを頬張りながら、母は嬉しそうにそう言った。

「僕のこと、分かるかい？」僕は、その答えは分かっていたが、そう聞いた。

「え？　あーなんだかさ、分かんなくなっちゃった。もう色々と」母は少し笑いながら、そう答えた。

――僕だよ、息子の安彦だよ――そう言おうとしたが、変わり果てた母の姿に胸が締め付けられ、何も言葉にできなかった。こうなる前に、もう少し何かできなかったのか、そう何度も自分を責め続けた。母の顔を見ることができずに、うつむいている僕をよそに、母はただクッキーを頬張り続けていた。


「絶対に離さないでよ、絶対だよ」

6歳になる娘の綾香は、お決まりのセリフを言いながら、補助なし自転車の練習をしていた。娘はその細い足で、頻繁によろけながら、ゆっくりとペダルを漕いでいた。

「最初の勢いが大事なんだよ」娘は僕のその言葉には反応せず、体制を立て直していた。

「そうだ、坂道で練習してみよう」

僕は近所の緩やかな坂道に行き、そこでまた後ろから、娘の乗る自転車を支えた。

「勢いよく進めば、倒れないから大丈夫」僕はそう言った後、ふと実家の近くの坂道を思い出した。

――そう言えば僕も、こんな風に練習したんだったな――自転車で勢いよく進む僕の後ろで、「大丈夫。その調子！」と言う母の声が聞こえたんだっけ。

「わあ、一人でこんなに進めた！」そう歓喜の声を上げる娘を、坂の上から見下ろしながら、僕は先日会った母のことを思い出していた。年老いて多くのことを忘れてしまった、変わり果てた母のことを。

ただ、改めて思い出してみると、一つ気づいたことがあった。それは、母がとても穏やかだったということだ。目の前の食べ物を純粋に味わい、様々なことを分からないとあっけらかんと言うその表情は、僕がもう何年も見ていない、とても穏やかなものだった。母はもう、多くのことを忘れてしまったが、今まで母を苦しめていた辛い記憶や、得体のしれない不安や恐怖からも、ようやく逃れることができたのだ。そのことは、母のことを思い出すたびに強く襲ってくる胸の痛みを、少し和らげてくれた。


母が特養に入所した後、僕は娘を連れて、母に面会に行った。その施設は、町から少し離れたちょっとした高台の上にあった。受付を済ませると、僕と娘は面会室に通された。娘は椅子に座りながら、床につかない足をぶらぶらしていて、手持ち無沙汰な様子だった。しばらくすると、母がスタッフの女性に連れられてやってきた。

「ここに座ればいいんかい？」母はそう言うと、僕と娘の前に座った。

「今日は、娘を連れてきたよ」僕がそう言うと、母はよくやく娘に気づいた様子だった。

「あら、可愛いわね」母はそう言って少し微笑んだが、すぐ真顔に戻って外の方を見た。

僕は、差し入れの母が昔から好きだった、マクドナルドのバーガーセットを渡した。母はすぐに袋を開けて食べ始めた。

「おいしいわ。これ」そう言いながら、母はひたすらポテトを頬張っていた。

「この娘、綾香っていうんだけど、今自転車の練習をしているんだ」そう言う僕の隣で、娘は黙って下を見ていた。母は、今度はハンバーガーを食べながら、何も言わず不思議そうにこちらを見ていた。僕は、そんな母を見ながら、少し悩んだが、思い切って伝えてみることにした。

「あのさ、辛かったことは、全部忘れればいいよ」

「思い出すから。大切なことは、全部俺が」

母は、ずっとこちらを見ていた。しかしその表情に、さっきまでの不思議そうな様子はなかった。そして僕は、母が少し苦笑いをしたような気がした。


施設を出た後、僕は娘とあてもなく周辺を少し歩くことにした。娘は、さっきまでの出来事がまだうまく飲み込めないよう様子で、黙って僕の隣を歩いていた。そして、高台からの坂道を降りているとき、ふと何かを思いついたかのように、僕に聞いた。

「ねえ、パパもパパのママに自転車を教わったの？」

「ん、そうだよ」僕は突然の質問に少し戸惑ったが、そう答えた。そう、ちょうどこんな坂道で、母と自転車の練習をしたのだ。

「大丈夫。その調子！」僕は思わず、母の言った言葉を口にしてしまった。それを聞いた娘は、少し驚いた様子でこちらを見た。

「あ、ごめん。覚えているよ、とってもよく。だから綾香も……」そう言いかけて、僕は言葉をつぐんだ。

いつか僕も、君のこともよく分からないくらい、多くのことを忘れてしまうかもしれない。だから、僕の記憶のバックアップでも取るかのように、君は様々なことを覚えておいてほしい。そして、時々でいいから、楽しかったことを思い出してほしい。そう言いかけた。娘は僕を見て、次の言葉を待っている様子だったが、しばらくしてこう言った。

「ねえパパ、帰ったら自転車の練習したい」

そう言う娘の手を、僕はそっと握った。

今はただ、このかけがえのない時間を、大切にすればいいのだ。

「いいよ。行こう」

もうひとりの自分

熊倉　省三

何も予定のない春の日のゆるやかな午後、マンション七階の窓から、ベイブリッジが臨める、かなたの東京湾を眺めていた。

この日は、ひとりだった。

霞んだ東京湾の潮の香りをおもいながら、読みかけの文庫本を伏せ、窓を離れてトイレに行った。白い便座に腰かけた。

すると突然、左腕がだらんと、前触れなく、落ちた。まったく持ち上がらない。そのま ま絵のように時が止まった。

異常なことが起きたことは理解できた、痛みがまったくなかったせいか、冷静だった。

救急車を呼ばなければならないが、電話は、スマホは、窓際のテーブルにある。だが待てよ、救急車が来てもマンションのドアはロックされているので、救急隊員は入ることができない、まずドアのロックを解除しよう。立ち上がろうとしたが、左脚が丸太のように動かないので便座から落ちた。動く右腕の肘を使って戦場のような匍匐《ほふく》前進をしながら、ようやっとトイレを出て、トイレ近くの玄関ドアにたどりつき、右腕を思い切り伸ばしてロックを解除した。解除したとたん、右腕を伸ばした勢いで、身体ごと玄関の外に飛び出してしまった。ふだんは人通りのない七階の通路だが、この日は二、三人の主婦が立ち話をしていた。

通路に横になって、コンクリートの床を流れていく自分の吐瀉物《としゃぶつ》を、焦点の定まらない眼で追っていた。吐瀉物は赤色の紐のように見えた。赤い紐の先は、ぼやけていた。

集中治療室では意識混濁であった。数日後、意識が戻り一般病棟に移ってからは悲惨であった。左半身が完全に麻痺したことを理解するまでしばらく時間がかかった。理解してからは、喪失感、絶望感に襲われた。

医師の説明では脳の視床下部という部位の血管が破れ、運動機能の神経を壊し、左半身が麻痺したという。片麻痺という障害者になり、退院してからも車椅子生活をおくることになった。リハビリの医師は、かんたんに「昔のことは忘れなさい」と過去の生き方に訣別することを求めているようでもあった。苦労して積み重ねてきた自分のアイデンティティーをそれほどかんたんに捨て去ることはできません、と反論しようと思ったが飲み込んだ。過去を清算しようとすると、これまでに作り上げた人生の誇りというものも一緒に捨て去ることが多いことを知り、深く悩んだ。この身体でどう生きるのか。

ある夏の日、世話をしてくれるMさんが雑誌を見ながら、

「あなた、これ見て、小樽よ、あなたが倒れる前に小樽の海猫屋のことを話してくれたわね、行ってみましょうか」と笑いかけてきた。

小樽の駅を降りて、正面の海の方に目をやると、奇妙な感覚を覚えた。目線の高さに水平線が横切り、運河あたりを底辺にして、街全体が、すり鉢状になっているようである。紺青の海が壁となって、時の流れが止まり、つかの間の幻を見ているようであった。

若いころの夏の日、小樽の海猫屋のカウンターでウイスキーを飲んでいた。海猫屋の建物は明治の煉瓦造りの倉庫を改装したもので、赤い煉瓦に緑の蔦《つた》がからまり歴史を重ねてきた独特の雰囲気がただよう。そのせいか、小樽出身の作家、小林多喜二の小説『不在地主』や、村松友視の小説『海猫屋の客』のモデルになった。

若いころ訪れたとき、照明を抑えたバーカウンターに座り、店の同世代の主人と話し込んだ。話は、この当時話題になっていた唐十郎の紅テントや寺山修司の天井桟敷のことだ

った。店主は、これらは「はちゃめちゃで、あいまいで、オレの生き方と合ったものだから好きなんだ」といった意味のことを言った。

この当時のわたしは、雑誌の編集という自分の仕事に心を賭けることができず、勤めていた会社を辞め、心を整理するため、雑誌の取材で訪れたことのある小樽にやってきた。

「小樽はゆったりとした気分になりますね」と話しかけると店主はうなずき「何しろ、あの『人斬り新八』が、安住の地に選んだ場所ですから」と遠くを見た。「人斬りの新八」というのは、新撰組の永倉新八のことで、二番隊組長と撃剣師範を務め、新撰組の組長格のなかでも屈指の剣腕を誇った。

「あんな、人斬り新八でも切羽詰らずに、とりあえずの時を過ごせたんですよ、ここ小樽というのはね」

新撰組は幕末の戊辰戦争で敗北した。新撰組はそれぞれ「過去の栄光」にこだわり、引きずりながら、局長の近藤勇は甲州の戦いに敗れ、土方歳三は北海道に渡り五稜郭で戦死する。しかし永倉新八は「新撰組の栄光」をあっさりと捨て、近藤勇らと離れて、ここ小樽に移り住み、「第二の人生」を歩んだ。

小樽で新八は、松前藩お抱えの医師の養子となり、医師の娘と結ばれ、これによって、新政府がやっきになって探していた新撰組元隊士「永倉新八」は永久に消え去った。

店主の話とウイスキーでほどよく酔った。

海猫屋を出ると、目の先の小さな雑木林に無数の光が群れていた。新八や新撰組の敗れ去った隊士の魂だろうか、夢のなかのような美しい光であった。

Mさんが同行してくれた小樽の夜は、「寿司屋通り」で評判通りのお寿司をいただいた。お寿司屋のカウンターで板前さんに、かなり前の話ですがと前置きし「海猫屋はまだやっていますか」と聞いた。

「はい、やっていますよ。マスターはだいぶ年を重ねたが、元気ですよ。店を出て右に行って、橋を渡るとすぐ左にありますよ」

店を出ると、Mさんが「海猫屋に行ってみましょう」と、板前さんに聞いた方へ足を向けた。

黙って電動車椅子でついて行った。しばらく行くと店がわからなくなり、廃線になった線路脇で夕涼みしていた、ステテコ姿の初老の男に尋ねた。男は、手振りで海猫屋を教えてくれた。

Mさんは「行きましょう」とうながした。

けれどもわたしは、動かなかった。

海猫屋の店主にきいた、永倉新八のように「過去の栄光」にこだわらず、新しい第二の人生を生きていこう。

わたしは、この橋を渡らなかった。

「若いころの自分」に会いたくなかった。

Mさんが小さく笑った。「そうね、これからの自分でいましょう」

「えっ？」

Mさんは、いまの「自分」は、自分の全体ではなく、数多くある「自分のひとり」だと言い、自分は一つだけではないことを自覚し、逆に好きだったときの自分を思い返してその自分を生きるようにしたらどうかしらと言い、その結果、自分を全否定せずにすむはずだとも言う。

「あの永倉新八は新撰組の自分を捨てて、医師の養子になる自分を選んだよね。そう自分は一つではないわ。車椅子の自分は、自分の全体ではなく、たくさんいる自分の一つでしかないわ。好きなジャズを聴いているときの自分は心地いいわよね、どうしたら心地よい自分でいられるのかを考えましょうよ。新八さんも、心地よい自分を見つけて、医師の娘さんと結ばれたんだわ」と笑顔を向けた。

「第二の人生は、自分を全否定する苦しみから自分を解放してほしいわ。片麻痺になった自分を好きになることないわ、あたしと過ごす自分が好きだと言ってたわね、その自分で生きましょう」とわたしの肩に手を置いた。

目を上げると橋の上の暗闇に、蛍の群れが美しいエメラルドの帯になって飛び去って行った。車椅子にもたれてその甘美な光の帯をいとおしい思いで見送った。

君といつまでも

プジョーみかさ

「妹さんですか?」

入院中の私を見舞いに来た花枝を見て、飯塚さんが歩行器を止めて尋ねた。

「いいえ、家政婦です」

事実、妹ではないので、毎回このように訂正している。入院して以降、何度となく色々な人から受けた質問だ。私は段々と説明が億劫《おっくう》になってきたが、花枝は慣れたもので、私の隣で静かに微笑んで会釈を返している。

「失礼しました。雰囲気からして、ご家族かと」

飯塚さんは額をペチンと叩いて舌を出した。最近、廊下で会うと話すようになったこの入院仲間は、年齢の割にお茶目で舞台人のようなリアクションをする。

「では、ちょいと歩く練習してきますわ」

そう宣言して、飯塚さんはゆっくりと廊下を進みだした。長身の背中を丸めて、歩行器にもたれかかるように一歩ずつ歩く姿も特徴的だ。

「お着替え、持ってきました」

花枝はそう言って大きなバッグを二つ、テーブルにそっと置いた。

「来週退院だから、そんなに要らないんだけど」

「お着替えだけじゃなく、時間潰しの本や雑誌も入れたらこうなりました。大好きなシュークリームも入ってますよ」

「シュークリーム！　ありがとう！」

現在、肺炎で入院中だが、幸いなことに食事制限は一切ない。むしろ体重が少し落ちたために、好きな物を食べなさいとまで言われている。お陰で堂々と間食ができるのだ。

「シュークリームは食後に食べて下さいね。また明日来ます」

面会時間はあっという間に過ぎ去った。私はエレベーターまで付いて行き、乗り込んだ花枝の姿が見えなくなるまで見送った。

「あなた、秘書もいるんですか？」

翌日、病棟の廊下で飯塚さんに捕まった。首を傾げながらこちらに近づいて来るので、普段に比べ歩行器が蛇行している。先程の私と看護師の会話を聞いていたのだろう。

「秘書は今いないんですが、まぁ、立ち話もなんですから、そこに座りましょう」

お互い呼吸器内科に入院している身で、立ち話は体に堪える。特に飯塚さんは私より年上なので無理をさせるわけにはいかない。

「すいませんね」

談話室の椅子を飯塚さんのために引くと、飯塚さんは背中を更に丸めてお辞儀をした。

「看護師さんが言っていた『秘書』というのは、実は今の家政婦のことなんです」

飯塚さんは机に両肘を乗せ、ずいっと身を乗り出した。まるでドラマの刑事のようだ。

「家政婦になって七年になるんですが、それまではずっと私の秘書をやっていたんです。それで私の家族は皆、家政婦のことを未だに『秘書』と言うんです」

看護師が来週の退院の件で姉に電話を入れた際、「秘書の花枝さん」という単語が繰り返し出てきて混乱したらしい。それについて私に確認を取っていた所に、歩行訓練中の飯塚さんが通り掛かったというわけだ。

「立ち入ったことをお聞きしますが、お仕事は何を？」

「家族経営の小さい工場です。社長だった兄が五十歳で突然死しましてね、末妹の私が急遽担ぎ出されたんです」

当時、姉二人は既に結婚。兄の子どもは未だ小さく、経理にいた独身の私に白羽の矢が立ったのだった。

「同じ会社にいても、社長の仕事なんて全くわかりませんからね、一番信頼できる同僚に頼み込んで秘書になってもらったんです」

それが花枝である。

「二人三脚で働いて、お互い結婚もせず、五十八で一緒に会社を退きました。それ以降は住み込みで家政婦をやってくれています」

飯塚さんは顎に手を当て大きく頷いた。

「もはや家族同然ですな」

「五十年近く一緒にいますからね。もはや家族以上ですよ」


一か月ぶりの我が家は、花枝によって全てが綺麗に保たれていて、何一つ変わりが無かった。退院当日の晩には入院中には食べられなかった寿司が食卓に並び、舌鼓を打った後にはピカピカのお風呂に心ゆくまで浸かった。一人暮らしではこうはいくまい。今日は花枝の送迎で美容院にまで行ってきた。

「可愛らしくなったわね」

帰宅して洗面台でうがいをしていると、花枝がやってきて背後から私の頭を撫でた。還暦も過ぎた、数日前まで入院していた私のどこを見てそう思うのだろう。客観的には理解に苦しむが、花枝は美容院から帰った私を昔からいつも褒めてくれる。

「車、出してくれてありがとう」

秘書時代から運転手も務めているので、花枝にとっては朝飯前だ。しかしながら家の中に一歩入れば、私達は完全に対等と決めている。送迎を当たり前と思ってはいけない。

「美容院で座りっぱなしで疲れてない？　夕食まで寝てていいわよ」

「大丈夫。座りっぱなしだったから、むしろ立ってる方がいい。一緒に支度するわ」


早めの夕食を取り、ゆっくりお風呂に浸かり、早めにベッドに入った。窓側が花枝でドア側が私。もう二十年以上続いている定位置だ。表向きは住み込みの家政婦なので、一応花枝の部屋はあるが、「普段はこっちで寝るから」と花枝に言われてこうなっている。

「麻実ちゃん」

電気を消した後、花枝が話し掛けてきた。

「なあに？」

「私、今回少し不安になったの」

入院中は努めて明るく振る舞っていたのだろう。今は小さく擦《かす》れた声をしている。

「お見舞いに行った帰りに、『状態が悪化するようなことがあれば、ご家族に電話を入れます』ってお医者さんに言われて。敏男さんは私に声を掛けてくれるだろうけど……」

敏男は死んだ兄の長男で、病院からの緊急連絡先の一人になっていた。しかし、私と花枝の本当の関係は誰も知らない。互いを一番頼りにしているということを、これまでは二人の間だけに留めてきた。

「もし貴女が喋れなくなったりしたら、私……ただの家政婦になっちゃう」

高校生で出会って以来、年月と共に「同僚」「社長と秘書」「雇い主と家政婦」と二人の関係性を表す名前は次々と変わっていった。それは世間的に二人が違和感なく一緒にいられるようにと考えた結果だった。だが、もういい歳だ。これからは、私達がこの先もずっと、互いを一番頼りにして生きていくにはどうしたらよいかを考えなくては。花枝はただの家政婦ではない。

「心配かけてごめん」

いつかは家族に打ち明ける日が来る。そう二人で何度か話をしてきた。今回入院したのは良いきっかけだった。入院中、飯塚さんに話したように、もはや花枝は家族以上の存在なのだ。


翌朝、受話器を取った。

「敏男？　忙しいところ悪いんだけど、私の快気祝い、いつなら来れそう？　ちょっと話しておきたいことがあるの。由美子姉ちゃん達も呼ぶわ。こっちは私と花枝さん。じゃあ、決まったらまた電話するからね」

Hayward Kingdom

ヘイワード　順

朝、いつものように起きたら、相方はこと切れていた。前夜、にこにこと「毎日一緒にいられて幸せだな」と、かなり遅い時間になった夕食の揚げ雲呑《ワンタン》を食べながら言っていたのに。もう、一緒じゃなくなっちゃった。世界一〈未亡人〉という言葉が似合わない女になっちゃった。

中国は広州で、家族三人暮らしを続けてきた。二十三歳年上の、英国人の相方。定年後は専業主夫として、ごはんを作り、娘の学校の送迎バス停に迎えに行き、娘の好きそうな映画やドラマを見つけてはダウンロードし、あれこれ批評しながらみんなで観る。時々はケンカもしたけど、三人で楽しく毎日を過ごしていた。

その後、娘が高校進学で日本へ行き、あたしたちは二人暮らしになった。娘という張り合いのなくなった生活も半年が過ぎたあたりか。相方の体調があまりよくない日々が続き、そのうち、いわゆる、老人性痴呆もちょっとずつ始まっちゃった。

それでも、クリスマスに娘が日本から戻ってくる！　と既に歩くのも大変だったのに、買物に行くんだと言ってきかない。もちろん、一人でなんて無理だから、元気だった頃のように、一緒に買い物に出かけた。ゆっくり、ゆっくりと歩を進める相方に、もう以前のような快活さは無い。けれども、心の快活さが戻ってきたようで、嬉しい。

娘が帰ってきてからの相方は、体の痛みも見せることなく、さも今までと変わらないdaddyだよと言わんばかりに、気丈に振る舞っていた。クリスマス用に手間のかかるパスティ（ビーフシチューのパイ包み）を焼き、家族三人の時間を久々に楽しんだ。年明けにはローストチキンも焼いてみんなで食べた。娘の滞在中はとにかく以前のように、ごはんをいろいろと作ってくれたのだ。

しかし。娘が日本へ戻ってからというもの、急激に体調も記憶もかなりあやしくなっていった。病院には絶対に行かないっ！　と言う本人の希望通りに、最後の最期まで病院には行かなかったけど、げっそりとなってしまった、その見た目の変化の速さ。きっと、間違いなく、癌だったに違いない。

相方はすっかり歩けなくなり、完全介護の日々が始まった。あたし、なんて運がいいんだろう、と今でも思うのが、新型コロナのまん延だ。こんなこと言ったら、世の中のたくさんの人に文句を言われちゃうかもしれない。でも、勤務先の大学に出勤することもなく、四六時中、一緒の空間にいられる生活になったのだ。当時、大学三校を掛け持ちしていたあたしにとって、これほど嬉しいことはなかった。だって、心配の種がなくなったんだもん。

オンラインで授業をこなしつつ、休み時間には煙草休憩がてら、相方に話しかけたり、下をはじめとする、いろんな面倒をみたり。夕方には運動不足解消と気分転換にと、お散歩がてらの買物にも行ったり。その頃の相方は食もかなり細くなっていたけれど、相方が食べたいときに食べたいものを用意した。それが夜中でもだ。でも、それ以上にビールとウヰスキーと煙草を欲しがっていたなあ。モチのロンで、あたしはそれらを切らすことは絶対にしなかった。

そして、ある日の朝、相方は、こと切れていた。

何をどうしたものかと途方に暮れる暇もなく、その日は、異国の地での〈死〉の対処に追われた。アパートの保安のおじさんを皮切りに、警察の人たち、地元の人たちに助けてもらいながら、なんとかこなしていった。検視が終わり、火葬場からの遺体引き取りまでの三十分、それがあたしと相方が一緒にいられた最後の時間だった。

日本にいる娘には、火葬場での事務手続きのあと、夕方になって連絡をした。コロナ禍で渡航規制や隔離政策などがあり、娘がdaddyに逢うには、早くても一か月はかかる。その間、相方は防腐剤をばんばん打たれながら娘を待つことになる。娘は泣きながら「お父さんにそんな変な薬を打ち続けるなんて、そんなのだめだよう」と最後のお別れもできぬままとなった。なんでコロナなんか、と泣きじゃくる娘には、そのおかげでお父さんはお母ちゃんと最後まで、毎日一緒だったんだよ、と宥《なだ》めるしかなかった。

翌日からも授業をこなし、それから一年が経ち、あたしもようやく一段落、といったところで、友人からこう言われた。

「これから、第二の人生が始まるのかな」

そうなのか。相方に死なれちゃって、未亡人になって、これからが第二の人生、なのか。自分に近しい誰かが死んじゃうのが、人生の区切りなのか。

生活を共にしていた相方が死んじゃってから、いつもいた場所にいない、相方。その物体としての相方のいない、損失感。それに慣れるまで過ごした毎日。それまで使っていた、介護用の洗面器やら、タオルなんかはもう、出番がない。それらをまとめ、物置部屋に突っ込んだ。毎日続くオンライン授業。相方の死を知らない学生たちの前では、いつでも笑顔で元気な声で、授業をこなしていかなくちゃ。毎週発行される、現地の日本語情報紙の編集もやらなくちゃ。そして、なによりも、あたしたちの娘のためにも、悲しみに明け暮れてる場合じゃないんだ。傍目には何事もなかったかのように元気に。損失感や悲しみ、涙は自分一人のときにだけ出すことができる。そんなふうに日々をこなして、一年をやり過ごしたのだ。

そこで言われた、第二の人生。でも、何かが違うと感じたんだ。確かに、人生には何かしらの区切りがあるのかもしれない。でも、でも、それはあくまでも、何かが起こったという事実なだけで、あたしの人生はたったひとつなんだ。

その人生の中で、近しい人の死に、何度か遭遇してきた。お通夜にも、お葬式にも参加したのに、おとうは未だに生きてて、会えばまた「ちょっと乗らせてみ」とあたしのバイクで近所を一回りしちゃいそうだし、おばあちゃんに会えばきっと、昔みたいにちょっとしたお小言を言われるに違いない。そう、どれだけ近しい人であっても、あたしの中ではいつでもこうなのだ。去年、数年間の癌との共存にもかかわらず、最後まで希望を失わなかったママちゃんだってそうだ。いくら死んでしまったという事実を突きつけられても、あたしの人生において〈この人生〉から〈次の人生〉には移行しない。

悲喜交々《こもごも》、いろんな出来事が起こり、変化していく毎日。その変化を受け入れながら生きている自分。日々、形が変わっていっても、変わらないことだってたくさんある。今まで、相方と一緒になって、娘が生まれてから、何度も、住む場所も変わった。仕事先も変わった。それでも不変なものがある。それは、あたしの真ん中にある、Hayward Kingdom。

あたしに第二の人生が無いのは、この王国があるからなんだ。物体として、相方も、娘も、目の前にはいない。でも、あたしはこの王国の中で生き続けている。だって、ここには二人ともいるんだもん。そして、この王国を取り囲むように、あたしの王国がある。この世にはいない、おとうも、おばあちゃんも、ママちゃんも、いる。この世にいるけど、ずっと会うことができないでいるおねいねたちも、何者にも代えがたい友人たちも、みんないる。この、二重の王国で、あたしは生き続けている。

あの日から、二年以上も経った。明日は相方の七十四歳の誕生日。シャンパンも冷蔵庫で出番を待っている。お祝いのごはん、去年はFish & Chipsにコールスローとマッシュルームのクリームスープだった。好きなものがリクエストできる、誕生日という名のスペシャルディ。今年は何にしようかなー。

こうやって、数十年もかけて作ってきた、あたしの王国。いまさら第二の、なんて作れる？

日傘でしゃなりしゃなり

大羽　育代

来年還暦を迎える私。

思い描いていた老後は、日傘を差して優雅に、そして時には孫の世話に関わる姿。ここまでもアクシデントや大笑い、多少の計算違いはあったものの、二人の息子を社会に送り出せたので、親としての責任は果たしたと満足していた。

主人の定年前後には、終《つい》の棲家も手に入れた。直ぐに結婚して出て行くと言っていた息子達の言葉を信じ、夫婦二人だったら余裕かな？くらいの間取り。もし不幸にして主人が先にいなくなった時には、自宅の一室をリフォームして占い師として副業で稼ごうかしら？とか、寂しくならない様に先回りの想像もしていた。前半生は転勤族の主人と共にバタバタ暮らしていた分、後半生は夫婦二人ののんびりもいいか？と、お気楽・気ままな未来を想像していた。

しかし、まさかのまさか、天から赤ちゃんが降って来た！

もとい、現実には結婚して家を出た次男が、生後三か月の孫を連れ、フルスピードで戻って来てしまったのだ。

今どき、離婚は珍しくもないし、生後半月でも一週間ほど孫を預かり保育していた経緯もあったので、すんなりではないけれど、少しずつお互いを慣らしていった。それでも離乳食が始まる頃までには何とか丸く収まるかしら？と甘い考えも持っていたが、色々あった末、調停を経ての協議離婚。親権息子。また離乳食～トイレトレーニング、いちからの子育てが待っているんだと、諦め半分、覚悟半分、前に進むしかない。協力者は主人以下家族。何とかチームで頑張って行こうと、とにかくそれしかなかった。主人は定年後再雇用でまだ単身赴任先、息子はまた合計二人同居しているが、昼間の育児はやはり私。

それでも久々に赤ちゃんが居る暮らしは笑いがいっぱい。昔の子育てを思い出しながら、それも年数のほころびからか、何かを忘れていたり、どこか抜け落ちていたりのポンコツぶり。「こんな感じだった？」「あんな感じだった？」とただただ必死。最初の子育ては知らないことだらけで必死だったが、今は経験したことすら忘れている。そこに多少の体力の衰えも手伝い、やっぱり必死。

天から赤ちゃんを授かった当時、私は五十六歳。まだまだ働ける年齢だった。しかし喉に大きなポリープが二つもでき、急に声が出なくなっていた。お医者さんからは「歌手や話すことを仕事にしている人がよくなる病気」と言われ、会話禁止と念押しされた。というわけで、声が出ようと出まいと昼間家に居るのは私だけ。夜間複数育児の一員になりたかったが、やはりワンオペ育児のクジを引いてしまった。

「今度は子育て失敗するなよ！」と主人。
なぬ、二人の息子は失敗作と？あまりにヒドイ（笑）
孫は、息子達の小さい頃に瓜二つの顔。日によって長男よりであったり、次男よりであったり。なので孫と言うよりすごく歳の離れた三男を育てている感じ。三人目は何事も先回り、慌てず余裕で育てようと決意新たに自分の未来像を仕切り直した。

私達の新婚当時に危ない物は何もなかった。市営団地からのスタート。家具はコンパクトにまとめ、要するにお金が無いから物もなかった。
「危ない！」と注意するような調度品もなく、サッパリしたものだった。ところが今は危険がいっぱい。ベッドも危ない、ダイニングテーブルも危ない、ローチェストも危ない。注意する物が家の中にもたくさんあって余計に疲れる。

家族一丸、チームで寝かしつけ、みんなで交代スクワット。

当時はまだ五キロにも満たなかった孫なのに、みんなで重たい重たいと言っていた日々が懐かしい。今では倍以上の体重なのに、誰も重たいとは言わず、平気で抱っこやおんぶをしている。赤ちゃんスクワットから再開した私達の子育て、これが日々自らの身体も鍛えられているようだ。


時には心底疲れて何もしたくない日もある。

そんな朝でも、「今日も頑張れ」「あともう一日頑張ってみよう」と、ひたすら自分を叱咤激励・鼓舞しながらの毎日。常に浮かぶ言葉は『毎日必死』。

つい、数か月前まで頭に浮かぶ漢字は『寝』の文字。どれだけ睡眠が足りないのか、「あぁ時間を気にせず、自分が寝たいだけ思いきり寝たい」と何度思ったことだろう。思っただけだが。

今悩んでいること。実は家族の誰かが大病をすれば、今度はそのことばかりで頭がいっぱい。生きていてくれるだけでいい！との境地になれば、どの悩みもケシくずみたい、ちっぽけな物かもしれない。

最初の子育ての時に友達から言われていたこと。

「悩みの渦に巻き込まれて溺れずに、自分を俯瞰《ふかん》することが大事だよ！」と。

「あぁ、大変！」とばかり言わずに一度自分を客観的に視てみるか。

人は見た目通りではない。

一見、お洒落してご陽気に見えている人が、実は癌の闘病中で、つかの間の外出を楽しんでいたとか、目に見える姿そのままではないのだ。

では、今の私は人目にはどう映っているのだろう。

気ままに孫と遊んでいる人？それとも超高齢出産でやっと授かった子をひたすら大事に育てている人？

買い物に出た時、孫と一緒に声をかけられ応対する。孫はニコニコ愛想がいいので、よく声をかけられるのだ。そして
「おばあちゃんなんですよ」と私が言った時の相手の驚きの顔。
「そんな風に見えなくて、ママだとばっかり……」と言われた時の嬉しいような照れるような感情。そういう周りの人達からのお声がけや、お世辞にも喜び踊らされ、元気の素としてチャージされている。

コロナ禍だったため、遠方の私の実家にはなかなか行くことが許されなかった。生後二年半してやっと、ひいじぃじ・ひいばぁばとの初対面。世間の年寄りより、多少気持ちも体力も若い両親だが、やはり年寄りなので初見ではひ孫に泣かれるだろうなぁと、双方覚悟はしていた。

反して孫は、終始ニコニコ。駅まで出迎えに来てくれた私の母にすぐ手を預け、一緒に階段を降りていった。まるで昨日会って、また今日再会したかのように自然に。そして下で待つ父にはすぐ「じぃじ」と言って懐いていた。

主人が見れば、さぞ悔しがることだろう。月齢が幼かったとはいえ、主人に慣れるまでどれほどの時間がかかったことか。単身赴任中の主人が月に一度か二度帰省した際、毎度毎度泣きそうなスローモーションの顔から始まり、大泣きし、一泊して慣れた頃にはお別れという流れだった。それは毎月同じで、思い出すと少し主人が気の毒になった。

そして、ひいじぃじ、ひいばぁばも頑張っていた。遥か昔にやっていた夫婦二人で子どもを挟んで持ち上げ、宙ぶらりん子のお散歩。

孫の頃にもそんなことやっていなかったのではないか。ひ孫でそれが実現できるとは、最近の後期高齢者の元気なこと。

子どもの頃、運動神経の鈍かった私がしているからと、父も真似をし、超高い螺旋の滑り台からひ孫と滑り下りる。

「じいちゃんが一緒に滑ったるからな！」とひ孫に声かけるも、ひ孫はスイと一人で滑り下り、じぃちゃんは「あ～あ」と悲鳴を上げ、バンザイの姿勢のまま滑り落ちてきた。子どもの頃は運動神経の鈍かった私も、自身の子育てや今の孫育てで日々体力がアップデートされ、今に至っていると思う。

現ばぁばに出来たことが、ひぃじぃじには出来ないのか？と父もさぞ悔しかったことだろう。負けず嫌いの父のこと、私達が帰った後もきっと次回会うまでに、螺旋滑り台の練習をしているかもしれない。なんせグランドゴルフの優勝者だから。その気持ちも若さの秘訣だと思う。

両親にも感謝している。二人が元気だからこそ、私は今、孫の世話に専念出来る。本来であれば、押していたのはベビーカーではなく、車いすだった可能性も。今あるものに改めて感謝である。

頑張り過ぎず精一杯。力の出し惜しみはしない！

その代わり、しんどい時には素直に「しんどい！」と甘える。日傘が余力の気持ちに変わっただけ。

いずれにせよ、ばぁばというアドバンテージ、楽しく使いきるのはアリだと思う。

にんじん

いちかみ　ほづゑ

思いがけず、ニンジンやきそばは好評だった。
気まぐれに料理などをアップしているが、今までには無かった。こんなに「いいね」や
感想が返ってきてびっくりだ。
三食入りの焼きそばに、ピーラーで長く削ぎ切りにしたニンジンを載せただけなのだ。
載せる量は、多いほどいい。ニンジン二本分を使い切った。
ニンジンの色を活かすために、付いている粉ソースは使わず、白醤油で味付けた。
さらに、ニンジンは後入れし、半生《はんなま》くらいで火を止める。
盛り付けると、麺の上でニンジンのリボンがくるくると重なる。
茹でたスナップエンドウを添えて、インスタントのコーンスープをマグカップに。
テーブルに並べ、アングルを少し傾けると、五割増しで美味しそうに映えた。

まったく、こんなに沢山、どうするのよ。

ぼやく独り言が響く。やきそばのお皿を洗い終え、テーブルで頬杖をつく私。

キッチンの片隅にはニンジンがある。土付きのままだ。

素人が育てたから仕方ない。細かったり、色が悪かったり。又根《またね》になっているのは、なんだかお行儀が悪いみたい。

残念ながら、近所にお裾分けできそうなクオリティーはない。自家消費に努めるしかなさそうだ。

ニンジン多めのポテトサラダ。刻んだだけのニンジンスティック。素揚げのニンジンチップス。大きなガラス瓶には、酢を一瓶まるごと使ったピクルス。ぬか漬けは、手入れをさぼってダメにしてしまった。

いかニンジンは、スルメが高価で想定外の散財となった。ごはんをニンジン色に染める炊き込みご飯。汗をかきかき裏ごししたキャロットポタージュ。味が決まらないニンジングラッセ。毎日の副菜はニンジンシリシリ。

思いつくままに、作り続けた。

それでも、まだ、調理を待つニンジンはゴロゴロ。食べてくれる人もいないのに。

そういえば、あなたはニンジン嫌いだったじゃない。

わたしも、嫌いよ、ニンジンは。


「口出しはしませんからね。手伝いもしません」

わたしはきっぱりと宣言していた。

共働きの生活も長い。あなたは定年を前にして、土いじりに目覚めてしまったのよね。レンタル農園で、はりきって野菜作りをはじめた。生憎《あいにく》わたしは虫が大嫌い。やりたいなら勝手にどうぞというスタンスだった。

苗や肥料、小さな耕運機さえも、あなたはすべてお小遣いの内でやりくりしていた。「投下費用の割に収穫が少ないのね」なんてわたしの皮肉も聞こえないふりで。

これといった趣味も無かったあなたが、毎日のように通っていた小さな畑。


ひとりで畑に行くのは初めてだった。契約を更新しますかと、あなた宛ての手紙が届いた。畑のことなんてすっかり忘れていた。

世話をする人がいなくなった畑はすぐにわかる。赤茶けた土、ひび割れした地面、作物のほとんどが干からびて、色を無くしていた。

この猫の額のような一画が、あなたの癒しだったのね。

取り残された畑は、遠い火星の景色みたいに見えた。

そんな不毛に見えた地面に、こんもりと緑があった。

ニンジンだ。

ニンジンだけが枯れずに残っていた。土を押しのけ、威張って生えていた。

地面から覗く、力強い根だ。風を受けてふわりふわりと葉がなびく。

そんなにチリチリとした細い葉で、地下の根を養っているのね。

思い出すわ。去年まではうまく育たなかった。あなたが持ち帰ってきていた、ひねたニンジンと、言い訳の数々。

雨が多すぎるとか、種をまく時期をしくじったとか。おきまりの会話だったね。

なのに、なんでこんなに豊作なのよ。

あなたがいたなら、今年こそ言い訳をしないで済んだのにね。

土と汗にまみれて、全部のニンジンを連れて帰った。

ニンジンたちに愚痴を聞かせ、ひとりの初夏を迎えている。

花のうてな

萩原　希見子

「立派なお庭ですね」と、近所の方に何度か声を掛けられた。夫の曽祖父が苦労して手に入れた土地らしい。確かにこの辺でこれほど広い庭は見かけない。

一年前、北海道での仕事に区切りをつけて夫の故郷へ帰って来た。長い間住んでいなかった実家を改装し、庭木を剪定して、何とか普通に生活できるようにするのに結構時間がかかった。

茶の間からは霊峰富士が見える。これだけでも友人達が羨ましがる。しかもこの山はこの町を災害から守る重要な役割を担っている。何とも有難い山である。例えば、大きな台風が来た時、富士山を境として、静岡県では大きな被害が出ているのに、私が住んでいるこの町は、いつもより雨量が多い程度で、実生活には殆んど影響がない。この町で、毎日富士山を眺めて暮らすことになったのである。

春から夏、富士山は御機嫌斜めだ。大抵は雲が懸かったり霧にかすんでいたりする。稀に全容がはっきりと見えることがあるが、雪が全く無い富士山は、とても武骨で近寄り難い。人間の都合など微塵も寄せ付けないのだ。

秋から冬。富士山の美しさが徐々に明らかになる。冠雪を頂く山頂は美しい帽子を被っているようだ。全身に雪で化粧された富士山は神々しいほど眩しい。そのなだらかな形状や、裾野に広がる長くたおやかな稜線。世界でも類を見ないと言われる美しさだ。

富士山の美しさと共に私が心を奪われているのは、季節の移ろいだ。北海道に住んでいた頃、季節は冬とそれ以外、景色は緑か白、そんな感じであった。暖かくなると、とにかく花が一斉に咲く。先を競うかのように開花するのである。梅、桜、たんぽぽ、チューリップ、つつじ、あやめ等々。少し先を譲ったり遠慮したりすればいいのにと思いながら、冬の間に蓄えていた熱源が一気に吹き出すのを不思議な思いで見ていたものだ。

でも、ここは違う。季節の移ろいに応えるように、順を追って花が咲く。それはきちんと整頓された自然の摂理のように思えるのだ。

例えば、梅。梅の花は紅か白だけだと思っていたら大間違いであった。薄紅、ピンク、複雑な色合いのものが多数ある。咲く時期にも少しずれがある。確かなのは、数か月後実を付けることだ。実が黄色く色付けば梅干しを漬けることができる。食卓に伝統の味が添えられる。

例えば、桜。こちらも多彩な色があり、咲く時期も異なる。遅咲きの梅と早咲きの桜の区別は微妙である。還暦を過ぎて私はこんなことにも気づいていない。今まで何を見てきたのかと悔しい思いである。そして散り際。はらはらと、風が有っても無くても、舞いながら、或いは歌いながら落ちていく。思いが心から溢れる涙のように流れ落ちる。散った後は月並だが辺りに桜色の絨毯が広げられる。もし日本列島に桜の木が一本も無かったら、と想像しただけでも、とても空虚な気持ちになる。

例えば、やまぼうし。隣家の玄関に見上げるほどのやまぼうしの木がある。その花はとても個性的だ。小さな白い花が四つ集まって正方形の座布団のような形を作る。四角い花。他にあるだろうか。隣家の前を通ると、この白い花を見上げては不思議な気持ちになったものだ。ところが、実は我が家の庭にもやまぼうしの木があることを発見した。高くそびえる二本の柿の木に隠れるように、少し小ぶりのやまぼうしの木が立っており、同じく白い座布団の様な花が咲いているではないか。私は思わず謝った。「ごめんなさい、気がつかなくて」と。

そして、芍薬《しゃくやく》。花の女王とも呼ばれ、大輪の花を咲かせる。思い出したのである。この花は私の実家（四国）の庭から運んできたものだ。姑は一度だけ私の実家を訪れたことがある。花が好きな姑は、自宅の庭に無い芍薬を譲ってくれるように私の祖父に頼んだのだった。毎年、何の手入れもしないのに美しい白い花を咲かせる。まるで姑が「私はここにいますよ」と言っているみたいだ。

人は永遠の別れを、できるだけ穏やかに心が傷つかないように表現する。「ママはお星様になって、空からあなたを見守っているのよ」とか、「パパは風になって、いつも君の声を聴いているよ」とか、「遠い所へ旅に出た」など。そして、最終的には「土に還った」と科学的根拠を持ち出す。

姑は花を愛した人だった。花になったに違いないと私は思っている。しかも花びらではない。花びらを支える萼《がく》、うてなである。歌人だった姑は沢山の歌を残している。葬儀では、自身の歌が披露された。

「悲しみは消ゆること無し　闇に咲く花のうてなに身を置きて寝む」

葬儀に参列した多くの方の涙を誘ったと聞いている。花が咲き、花が散る。花の流れを見ていると、姑が逝ってもう二十年が経つというのに、花のうてなに今も姑の魂が休息しているのではないかと思うのである。どんな悲しみが姑にこの歌を詠ませたのだろうか。次々と庭に咲く花を眺めながら、私は姑の人生に思いを馳せるのである。

花桃の涙

藤原　薫風

桜の木の下では静かに本を読むものよ、と小学校時代の女性教師はそう教えてくれた。かれこれ五十年前になる。散りながら咲く桜の美しさを静かに愛でるのが日本人の死生観にに沿った生き方であると小学生の私たちにも理解できるように伝えたかったのであろう。緑道の桜並木には、雪のように花片が積もる。夕闇が迫る頃になると落ちてくる花弁は街灯の光を反射させて薄紅色に染まる。

四季を問わず、木漏れ日が射す樹々の下では、幼い子供達からお年寄りに至るまで、あらゆる人々の笑顔に巡り会える。

春風が運んでくるのは、花片や若葉の優しさに満ち溢れた心地よい香りだけではない。ぼんやりとした春の夜空の下では、そこかしこから酒に酔った群衆の騒めきが聞こえてくる。昔、ポトマック川の岸辺で観た桜並木が懐かしい。どんよりとした曇り空が続く短い春だったが人々は静かに桜を楽しんでいた。

時折雲の間から陽が射すと、花弁がはっきりと映った。その健気な美しさに魅了され、心の底から希望が湧いてくる気がした。

夫の雅之は、私の四つ年上で六十四歳。

厳格な公務員家庭に育った彼は、融通が利かず、常に周りから翻弄《ほんろう》されている。次男という立場がそうさせたか定かではないが、物を見る目は節穴で、馬耳東風の性格は治らない。若い頃は気が付かなかったが、神棚の前で手を合わせる彼の背中から微かに古い埃の匂いが漂い始めた。老いが瘴気《しょうき》のように迫っている。そんな夫でも四季の星座をこよなく愛する。酉《とり》年生まれのせいか小鳥たちとお喋りするのが日課となっている。酉の市が開催されると必ず顔を出した。夫が店に入ると、どういうわけか客が大挙して押し寄せた。結婚してから夫はいつもそれを自慢している。

二十数年前に結婚して義理の両親と同居することになった。二世帯が同居できるために母屋を増築しなければならず、その増築部分に一本の桜の木が鎮座していた。夫の祖父が植えたヤマザクラで、五十年は過ぎているだろうか。椀型に広がっている樹形の影が母屋をカーテンで包み込むように垂れている。

設計上やむなく、木を伐らねばならないと聞いた時、義母は皺で関節が識別できなくなった指を絡ませながら、「シャンデリアのようにきれいだったのにね。しょうがないわ。

近所に花弁が散らばるし掃除するのが大変だから」と言っていたのを憶えている。伐った後、鎮魂の意を込めて増築に支障のないスペースに植林することに決めた。私は桜の木を希望したが、夫は無関心な様子だった。そんな夫と千葉県中のホームセンターを見て回った。母屋の庭に見合った木を探したが、どれも枝振りが悪く気に入ったものは見つからなかった。

夫の表情が次第に無関心から怒りに満ちたものに変化していった。運転に疲れたのか、この時の私の態度に不満があったのかわからない。ふと、夫の気持ちに寄り添わなければと思ったが、この時の私は、長年の華道歴も手伝って噴出する思いのたけを園芸コーナーにぶちまけながら渡り歩いていたのだ。

探し物は見つからず、東京へと帰路についた。車中の口数が少なくなったのが諦めを物語っている。夫は急に千葉北のインターで降りて小さなホームセンターで車を停めた。「これが最後だからな」と投げ捨てるように言う。そのホームセンターの片隅に一本の花桃の木がひっそりと私たちを待っていたように佇んでいた。幼い夫を膝に抱いて野球中継を楽しんでいた祖父が残した樹木の記憶と眼前にある花桃とがシャッターを切るように写し出されていた。何の違和感も無かった。

その花桃の木は西陽を受け、まるで夫の分身のように真っ赤な顔をして蕾を枝いっぱいに付けている。生命感溢れたその姿に魅了された。私は夫の不機嫌さをよそに花桃をトランクに積む。花桃との出会いは諦めと偶然が交差した疲労の果てのめぐり逢いであった。花桃は災いを除き、福を招くという。しかし、花桃の木はすぐに幸福を運んでくるものではなかった。

夫は退職金を慣れない株式投資に注ぎ込み失敗する。過酷な現実が支配する民間企業に再就職するが、職場風土が合わず嘱託の地位を自ら放棄した。コロナ禍の令和二年夏に義母が他界する。砂塵のような夫の溜息が毎日聞こえてきた。

夫は現役時代、人間関係の軋轢《あつれき》に耐えかねてうつ病を発症したことがある。完治したかどうか不明のまま第二の人生をスタートさせた。最近また急に怒りっぽくなっている。

老人性のうつ病か？　早期の認知症かも？

夫は幼年時代の思い出話を繰り返して話すようになった。また心療内科通いが始まる。

ウルトラマンじゃないけれど、私も残る時間はあと僅かなのかもしれない。

最も大切なことは、ありのままの自分を受け容れてくれるパートナーと巡り会うことではないだろうか。それは時には家族であり、夫であり、国籍や性別を超えた友人であるかもしれない。ペットも花も草木も勿論入る。一冊の本だって物語の向こうに相手がいる。

その相手が何であれ、常にパートナーはいるから人は孤独ではないのだ。そう思うと見えない糸が解きほぐれてくる。その糸は希望になって紡がれていく。私にとって花桃の木は、パートナーなのだ。

いつしかその真っ赤な花桃は成長し、うねるような枝ぶりで、まるで龍が天に導かれるような樹形となった。花桃を植えてから既に二十年が経とうとしている。

厳冬の暗い雲から一条の陽がのぞく。花桃の木はそれでも懸命に立っている。枯れる運命を享受しているようで私は寂しくなる。

春の到来を祈るような気持ちで待ちわびながら、私は花桃の木の周りに腐葉土を襟巻状に何枚か重ねるように撒いた。朝夕周りの草取りや霜取りを欠かさず行った。

遠くの森で鶯の囀《さえず》る鳴き声が幻聴のように聞こえる。二羽のメジロが編隊を組み、北風でスパイラル状に悴んだ花桃の梢を飛びぬける。鳥の鋭角的な飛び方を追ったがすぐに見失った。花桃に眼を戻すと薄枝の先に弾かれたような赤い蕾《つぼ》みが萌え出しているのが見えた。私は嬉しくなり、冬の残り香を思い切り吸い込んだ。

三月に入り、夫は地元でパートの仕事を見つけた。事態は好転しつつある。夫のうつ病は、快方に向かっていた。花桃は最後の方で邪悪な空気を吸い取ってくれている。

四月の蒼穹《そうきゅう》は、花桃の木に精霊が降臨してくるのを高いところから見守っている。精霊は花桃の木に生命の愛おしさを満身で謳歌する深紅の花を咲かせた。

五月の風に葉が舞うなかを光の束が駆け抜けていく。花桃の梢は、所々で螺旋状に絡まり、遺伝子構造のような姿を彷彿させる。

人間も動物も木や草花も同じ遺伝子で生かされているのだ。花桃の木は、天寿を全うすることで自然の摂理を教えてくれる。死と生は表裏一体で密接に結びついていることを。
花桃の向こうで庭仕事をしている私を窓辺から飼い猫が見ている。木彫りの像のように
ヘーゼルブラウンの虹彩が虚空を凝視している。その猫の後ろに引かれたシルクのカーテ
ンの後ろに淡い影が映っていた。人影のようだ。影の輪郭が義母に似ている。私は、一瞬
ハッとした。影は囁いた。
「花桃の実が珍しく沢山実ったよ。今日はおふくろの月命日だ。その数とちょうど同じ
二十六個の花桃の実が取れたよ。実は甘く砂糖とレモンを加えるとジャムになるとおふく
ろはよく言っていた」夫の声であった。夫と義母は親子だけあって仕草がよく似ているの
だ。私には花桃の実が流した幸福の涙に映った。初夏の空は晴れている。温もりを帯びた
風が花桃を慰撫するように空に抜けていく。
今宵は満月になるだろう。

最後の歌舞伎

岸本　千栄

母の認知症が突然悪化したのは二年前の九月だった。誰かの声を一日聞いている。その声に従って不穏な動きは止まらず、ご飯は食べず、ときに暴れ、私は夜も眠れない状態となった。十一月入院を余儀なくされ、その後も二週間ほとんど食べず、経管療法や電気刺激療法を勧められたが、私は断った。いったん連れて帰り自宅で再度ご飯を食べさせてみようと思ったからだ。その直後、母は病院で転倒し大腿骨を骨折した。まるで今自宅に戻ったら、私が再び大変な日常になるのを見越して母自ら転倒したように感じた。手術は成功したが、担当医からはこのまま寝たきりになってしまう可能性が高いことを告げられ、母のあまりの変容に絶望していた。

ところが先生の予想を大きく裏切り、母は術後少しだけ食べるようになり、点滴で命をつないでいた。熱心なリハビリのおかげで三か月後の翌年二月退院することができた。というより退院を急がせた。お世話をしてくださった看護師から「仙人のようだ」と言われていたので、このままでは栄養失調になってしまうと思ったからだ。自宅に戻った母に最初にだしたランチはお雑煮。お正月のやり直しをしたかった。これまで毎日栄養ジュース二本、粥お茶碗に二割しか食べてなかったのに、お雑煮をおかわりし、夜も鰻丼を完食した。その後も順調に食欲を回復し、幻聴は引き続きあるものの暴れたりせず落ち着いて生活できるようになった。

母は子供の頃よく両親に連れられて歌舞伎を観劇した。おしゃれをして歌舞伎観劇、それは私たち母娘にも受け継がれ、元気だった頃は大阪松竹座や京都南座に行った。しかし認知症が悪化して以降はドラマの筋書きも理解できず、歌番組さえも楽しむことがなくなっていたので、歌舞伎なんて夢のまた夢、もう無理と思っていた。今年新聞で玉三郎特別公演の広告を見て、母が以前玉三郎にいたく感激していたことを思い出した。玉三郎を見たら何か思い出すかもしれない、わずかな望みを託して、チケットを購入した。

当日母はいつもと違っていた。「口紅を塗りたい」、「ネックレスをしたい」と言い出し、電車の中でも嬉しそうにしていた。会場に到着すると、着物で着飾った観客がたくさんいて華やかだった。第一演目は東海道四谷怪談。母には無理だった。途中で幻聴症状が出始め、「家が火事なので帰りたい」と言い出した。なんとかおさめようとしてみたが、無理だった。ついには「大便がしたい」と言い出したので、演目途中でトイレに行った。もう続けて見ることは無理か、もったいないけど帰るしかないかと思ったが、「席に戻る?」と聞くと頷いたので、周りの観客に迷惑をかけていないか不安に思いながら再び席に戻った。もう演目は終わりかけていた。休憩中も帰りたいと言い出すかとヒヤヒヤしたが、なぜかそのまま第二演目、元禄花見踊を見てくれた。玉三郎は本当に美しく、つややかな踊りに母はやはり感激し、笑顔で拍手していた。ただ帰りの電車の中で、私はこれが母には最後の歌舞伎になったなぁと、母を見つめ悲しかった。

ついさっきしたことも忘れてしまう認知症、歌舞伎に行ったことを覚えておくことは不可能だろう。一瞬でもいい、玉三郎の美しい踊りを楽しんでもらいたかった。そして楽しんでくれたのだ。それで十分ではないか。自分にそう言い聞かせていた。

毎晩風呂場で転倒しないよう母に付き添っているが、風呂場でも誰かに見られていると言って落ち着かない。だがその日の夜は違っていた。湯船にゆったりと浸かり、「今日は楽しかったなぁ、きれいだったなぁ」と嬉しそうに話したのだ。覚えている……。連れて行って良かった、心から私はそう思った。

どうか玉三郎のきらびやかな舞姿が母の脳の記憶のどこかにいつまでも残りますように。母の喜ぶ顔をお見てご褒美をもらった気がした。

大丈夫

武田　光

もう一年以上続く流行り病は、小学校にも大きな影を落としている。昨年度末には全国的な休校要請があった。休校の必要なしと教育委員会に掛け合い、けんもほろろに断られたのも、つい昨日のことのようだ。二月からの休校、卒業式は在校生、来賓ともに不参加となり、卒業生と各家庭二名の保護者、教師のみで行った。六月の休校明けからは怒涛の日々が続いた。校内での感染予防方針を立て、各授業の決まりを策定した。通常は春に行っている運動会は九月に延期となり、もちろん音楽会は中止となった。いつもなら京都や大阪に向かう修学旅行は県内で実施した。校内の消毒、各教科や給食時の気遣い、子供たちの心理面でのケアなど、先生方には大きな負担をかけることになった。そして、なんといっても子供たちに様々な制約と我慢を強いていることが気の毒だった。そんな僕の最後の教師生活最終年だった。流行り病のもと二度目の卒業式も先日終わった。校長として卒業生を送り出したのは五回目だが、先生方の思いやりのこもった準備と、たった一名の在校生代表の素晴らしい送辞により、じゅうぶん素敵な卒業式が挙行できたと思っている。

そして、今日は三十一日。退職辞令を教育委員会でいただき、学校に戻った。いつもなら離任に伴う送別会が盛大に行われるところだが、昨年に引き続き職員室で別れの挨拶をしたのみとなった。

「新しい酒は新しい革袋に入れねばならないそうです。老兵は去ります。皆さん、無理しないで頑張ってください」

と挨拶を締めくくり、転任する先生方とともに花束を貰った。そこで貰った花束と各クラスの子供たちからの寄せ書きは、応接セットの上に大事に置いた。校長室は僕らしくもなくこの上なくきれいに片づいている。最後の思い出に、廊下と職員室、校長室をスマホに収めておく。明日からは日々の忙しさから、子供たちや保護者との苦しくも楽しい付き合いから、先生たちとの関係から、校長としての責任から、『学校』から解放される。または、放り出される。

明日からの生活に不安がないわけではなかった。いや、不安だらけだと言ってもいい。この二年間の嵐のような日々に疲れて、退職後の再任用を希望する勇気がなかったし、かといって何をしたいというわけでもない。金銭的にももちろん不安は大きい。

椅子に深く腰掛けながら思う。自分の教師生活の後悔を、自分の教師生活の残念を、自分の教師生活の不備を思う。先生方にとって自分はよき校長であれたのだろうか。子供たちにとって自分はよき校長であれたのだろうか。

ふと校門を撮ろうと思い立ち。玄関に向かった。春の明るい校舎と校門をスマホに収め、戻ろうとしたところで声をかけられた。

「校長先生、ほんとに退職だったんですか」

そう声をかけてきたのは……、ええっと、この丸顔で長い髪を後ろで束ねた、たぶん年齢より若く見えるこの人は……、

「中二の松本千春の母です」

僕が名前を思い出す前に名乗ってくれた。

「先生、若く見えるから、まだまだ先だと思ってました。絶対に一言お礼を言わないとと思って来ました。よかった、会えて」

「わざわざすみません。いろいろお世話になりました。ご迷惑ばかりかけてすみませんでした」

と、僕は定型の挨拶をする。

「千春が五年生の時のこと覚えてますか」

思い当たることがあった。千春さんは笑顔のかわいい優しい子なのだが、繊細過ぎるところもあり、五年生の春、学校に行きたくないと訴えたことがあった。

「千春が学校へ行きたくないって泣いて、学校へ電話した時、受けてくださったのが先生だったんです」

確かにそうだったような気がする。担任がまだ来ていなくて、僕が対応した。

「その時、先生が明るい声で、大丈夫ですよって言ってくれたのが、私と娘の心をすごく楽にしてくれました。ほんとに気が楽になる大丈夫ですよ、でした」

そして、続ける。

「おかげで娘も勇気出して、次の日から行ってくれました」

あの後、千春はたまに休んだりしながらも元気に登校を続け、去年の在校生なき卒業式にも無事出席できたのだ。

「今、卓球部で頑張ってます。勉強は難しいって言いますが、友達ともなんとかうまくいってるみたいです」

「本人が頑張ったんですよ。僕は適当に調子のいいこと言っただけです。でも、本当によかったですね」

それは本当で、大丈夫ですよ、は僕の口癖のようなものだった。

「そんなことないです。娘の部屋には、『大丈夫』って習字が貼ってあるんですよ。娘が書いたんです。うちの『合言葉』は大丈夫です」

彼女は笑ってそう言うと、

「本当にありがとうございました」

深く礼をして、走って行った。

勝手な話だけれど、単純な頭だけれど、彼女との邂逅で教師生活のすべてが報われたような気がした。すべてが肯定されたような気がした。そうだ、大丈夫だ。今日で僕の第一幕か第二幕か第三幕かはわからないけれど、ひとつの幕が閉じる。でも、たぶん大丈夫なのだ。今日は早く帰って、奥さんと息子と三人で乾杯しよう（まさかちょっといい夕ご飯だろう）。そして、今日の話をちょっとだけ教えよう。そして言うのだ。

「なんか知らんけど、きっと大丈夫だ」

と。

Re ライフ文学賞　短編集 2

2023年10月15日　初版第１刷発行

編　者　「Re ライフ文学賞　短編集２」発刊委員会
発行者　瓜谷 綱延
発行所　株式会社文芸社
〒160-0022 東京都新宿区新宿1－10－1
電話 03-5369-3060（代表）
03-5369-2299（販売）

印刷所　株式会社晃陽社

ISBN978-4-286-24607-9